Amors maleïts

ESPURNA, 32

E S P U R N A

1. DIARI D'UN JOVE MANIÀTIC. Aidan Macfarlane i Ann McPherson
2. EL SUPERVIVENT. Barry Faville
3. EL MISTERIÓS PUNYAL DEL PIRATA. Joan Pla
4. ¡JO TAMBÉ SÓC UNA MANIÀTICA! Aidan Macfarlane i Ann McPherson
5. CREMANT. Anne Bailey
6. LA SECTA DEL GRAAL. Joan Pla
7. A PEDRADES. Xabier Mendiguren
8. EL SEGREST DE XICO BLACK. Josep-Lluís Seguí
9. EN LA FOSCOR DE LA NIT. Christine Aventin
10. TOT L'ESTIU PER DAVANT. Joaquim G. i Caturla
11. ELS MEUS COL·LEGUES I JO. Aidan Macfarlane i Ann McPherson
12. QUÈ T'ANGOIXA, NÚRIA? Glòria Llobet
13. ¡PLOM, MÉS QUE PLOM! Jesús Cortés Zarzoso
14. LA VENJANÇA DELS CRIPTOSAURES. Joan Pla
15. RAQUEL. Isabel-Clara Simó
16. LA CASA SOTA LA SORRA. Joaquim Carbó
17. CARTES D'UNA JOVE ENAMORADA. Claire Robertson
18. A L'OMBRA D'UN GERMÀ BESSÓ. Glòria Llobet
19. I ARA QUÈ, NÚRIA? Glòria Llobet
20. PELL-ROJA, ROSTRE PÀL·LID. Maria Jesús Bolta
21. M'ESCRIURÀS? Estrella Ramon
22. $E=MC^2$, AMOR MEU. Patrick Cauvin
23. CICLE BIS. David Duran
24. L'ESTRANYA MORT DE BERTA. Joan Pla
25. L'ENIGMA DEL MEDALLÓ. Vicent Pasqual
26. EL LLEDONER DE L'HOME MORT. Toni Cucarella
27. LARA, QUIN NOM! Glòria Llobet
28. L'AMULET EGIPCI. Àlan Greus
29. CARTES D'HIVERN. Agustín Fernández Paz
30. L'ILLA DEL FARAÓ. Joan Pla
31. LA VALL DELS NABIUS. DD. AA.
32. AMORS MALEÏTS. Jordi Mata

1a edició en aquesta col·lecció: *març, 1997*
Impressió: *Romanyà - Valls*
ISBN: *84-7660-322-3*
DL: *B-12796-1997*

Amors maleïts

JORDI MATA

ESPURNA

Edicions Bromera

Al soferts companys i companyes de la DGGPCD/SPEPP de l'any 1990.

A tots aquells que no han pensat a rendir-se ni girar el rostre quan idees i persones de mal bagatge s'han delit per arrencar-los l'afany de lluitar per sobreviure.

I tanmateix cada home mata allò que estima,
que tots ho sàpiguen,
uns ho fan amb una mirada amarga,
altres amb paraules acaronadores.
El covard ho fa amb un petó,
¡l'home valent amb una espasa!

Oscar WILDE, *La balada de la presó de Reading*.

Pròleg

Tenia nou mesos per evitar un crim.

Només tenia nou mesos...

L'Elisenda mai no havia oblidat la fulla d'un ganivet bellugant-se prop del seu clatell estant ella de cara a la paret. Mai no havia oblidat que aleshores era una nena a punt de fer la primera comunió i que aquella tarda la mare li emprovava el vestit per a la cerimònia. I durant anys s'havia preguntat per què la mare, després de contemplar-la ja abillada de blanc, va intentar matar-la.

Alguna cosa va haver de posar-la terriblement furiosa. El cas és que començà a tremolar sobtadament de cap a peus, anà a corre-cuita a la cuina a buscar aquell enorme ganivet i empaità la seva filla per tota la casa mentre li cridava: «¡Assassina!» i feria l'aire tallant-lo a tort i a dret. La irrupció del pare evità la desgràcia quan l'Elisenda, recolzant a la paret el seu rostre xop de suor i de plors, ja es rendia a la pressió de la lenta, freda i aguda carícia d'un metall que dubtava i que no es decidia a travessar la carn.

I com a colofó, aquelles terribles paraules:

—¿No t'adones que hem de matar-la? —havia etzibat la dona al seu marit després que aquest la desarmés.

¿Haurien d'haver-la matada? Aquella experiència féu saber a l'Elisenda que el graó superior de les enrabiades es nodria de quelcom anomenat odi, i que a aquest el coronava un buit del qual mai no es tornava. Encara va trigar un temps a assabentar-se que al tal buit li deien mort, i que no tenia res a veure amb una paraula igual que els seus germans barrejaven en els seus jocs; ells «mataven» i «morien», però sempre acabaven aixecant-se del terra. En canvi, aquell ganivet que li llepà la pell no somreia com els seus germans, no jugava com ells; era la realitat que aquests parodiaven, era «matar», l'autèntic buit del qual mai no es tornava. I així omplí de contingut un altre mot, un vell mot que sortia en els contes de la mà de fades, gegants, prínceps i pastores: por. I sospità que havia començat a viure una part de tot allò que, presumptivament, els nens no poden entendre pel sol fet de ser nens.

En tot allò, el Bernat hi tenia quelcom a veure. Li ho deia la intuïció. Aquell vailet, ignorat per uns pares que el miraven amb infinita pena i per uns germans grans que s'iniciaven en els conflictes de la fi de la infantesa, havia cercat la companyia d'aquella que, teòricament, havia de detestarlo per qüestions de privilegi. Però el Bernat no havia arrabassat cap tron a l'Elisenda: els joves Ferràndiz havien nascut sense l'elemental dret de gaudir del protagonisme que per edat els pertocava. Entre els quatre germans de la família no havia existit una complicitat, un joc que inventar o un secret que compartir; entre ells, només s'alçaven murs de glaç perquè havien crescut en silenci i desconfiant del futur. Foren nens que perderen tota espontaneïtat perquè qualsevol pregunta, sol·licitud o idea seva, topava amb un rotund: «¡No!». Seria el Bernat, el més feble, el més petit, el que trencaria aquell estat de coses apropant-se a l'Elisenda. I quan la mare observà que les regles no escrites de la casa es violaven, que entre els dos fills menors s'establia una bona harmonia, va estar a punt de produir-se aquella catàstrofe. Els nens podien jugar a «matar» i a «morir», però no podien imitar sentiments que ella considerava més perillosos encara.

Aquell ganivet burxà l'existència i totes les suposicions de l'Elisenda fins certa nit de principi d'octubre, en la qual el seu passat i el seu present s'esborraren damunt la taula d'un restaurant davant del seu pare. Ella tenia vint-i-dos anys, un amant i una independència acabada d'estrenar; la mare era al manicomi; el Bernat havia marxat a París; el Jaume i el Guillem, els grans, fingien ser homes fets i drets i vivien amb el pare, i aquest..., aquest havia admès que no tenia cap altre remei i que l'Elisenda havia de saber la veritat.

Quan el Fernando Ferràndiz convidà a sopar la seva filla, va haver d'arribar-se a la Facultat de Psicologia i rondar amunt i avall davant les aules dels de cinquè curs per comunicar la invitació a la noia i concretar la data de la cita. No volia acostar-se ni trucar a on ella vivia ara perquè podia trobar-se amb l'amo del cau, el «miserable», el Gerard, l'amant de l'Elisenda. El senyor Ferràndiz odiava aquell noi de la mateixa i inexplicable manera que la seva dona, la Llúcia, havia arribat a odiar els seus propis fills.

Tot allò que l'Elisenda havia viscut fins aquella nit d'octubre s'estavellà contra un llibre antic, prim i grogós que el senyor Ferràndiz lliurà a la seva filla després del sopar.

RELACIÓ DE LOS FETS HERÈTICS
QUE SE DONAREN EN LO NOBILÍSSIM BISBAT
DE CALAHORRA DURANT LO REYNAT DE
SA CATHÒLICA MAGESTAD CARLES II,
ESCRITA PER CHRISTÓBAL FERRÀNDIZ
DE DÀVALOS

Poc després, ella sabria per què el pare odiava el Gerard i per què la mare va intentar matar-la una tarda de primavera. Poc després, només el futur comptava malgrat que havia triomfat el passat; tot l'esforç que havia fet per enterrar una part de la seva memòria i aconseguir mirar la vida a la cara en companyia de Gerard se n'havia anat en orris.

¿Haurien d'haver-la matada? Ella podia ser una assassina. La mare ho sabia. El pare ho sabia...

Ignorava com, però miraria de parar-ho. Esbocinaria la llei. Tenia nou mesos per evitar un crim.

Xocs

En l'església només hi devia haver una vintena de persones entre familiars i amics. El Gerard es ficà rera tothom; no volia que el veiés el senyor Ferràndiz, el qual s'adonà de la seva presència, encara que preferí ignorar-la de moment, tot atenent un sermó desmanegat.

Va anar al cementiri en l'últim cotxe del seguici. Estàtues orants, gàrgoles monstruoses, àngels apocalíptics, un oceà de cúpules blanques, imatges fantasmagòriques, fabulosos panteons, làpides... Hi havia quelcom de monòton en el regne de la mort, l'Elisenda no s'hi acostumaria, rumiava el Gerard... La seva ment atabalada no admetia encara que ella fos morta.

En segona renglera, cobert per esquenes alienes, el Gerard féu una ràpida ullada al ventall de gent que s'obria al voltant de la fossa. Gairebé no coneixia ningú. L'Elisenda no li havia presentat mai de debò la seva família; ella va enllestir el tràmit ensenyant-li unes quantes fotografies borroses. Sabia qui era el senyor Ferràndiz per l'alçada, i no creia que la senyora Llúcia hi fos present tenint en compte el seu estat; de la resta, no en podia opinar...

El taüt començà a baixar a les entranyes de la terra molt a poc a poc, seguint el ritme de l'emoció que s'anava apoderant dels presents. Era l'adéu definitiu...

Un ocell saltava de sepulcre en sepulcre sense atrevir-se a volar.

El sol sortí de darrera dels xiprers i ferí el Gerard, que girà el cap prement els ulls cremats per un sanglot que no es decidia a petar.

I llavors el va veure.

Era a la vora de Ferràndiz pare, el qual es recolzava en l'espatlla d'ell mentre trontollava lleugerament. No gaire alt, escarransit; el floc de cabells lleonats li tapava el front amb el perill d'encegar-lo; el nas era un triangle deprimit, però no mancat d'elegància, que feia ombra a uns llavis extremadament fins i a un tros de pell de llet. De sobte, el Gerard va fer créixer aquells cabells, va vestir el noi de parracs trets d'un carnestoltes, i el convertí en una bèstia que li provocà una breu i violenta tremolor no copsada pels assistents. Sis roses caigudes a terra es precipitaren a la tomba dels Ferràndiz, empentades involuntàriament pel peu de Gerard en sortir a primera fila, i aquest gest va distreure l'atenció d'uns quants que tallaren l'oració en veure com aquell jove feia quatre passes esvalotades vers un punt concret. Un xiscle sec tregué de les seves reflexions tothom: el Gerard havia arrencat del braç de Fernando Ferràndiz la figura menuda i tèrbola que ara el mirava bocabadat.

Tot fou molt ràpid. Ambdós joves rodolaren entre creus, atonyinant-se, i el més petit dels dos duia les de perdre. Immediatament, travessant la confusió i l'escàndol, el Jaume i el Guillem Ferràndiz es llançaren sobre el Gerard i el cosiren a cops de puny i a puntades de peu. El senyor Ferràndiz enretirà de la baralla el seu fill Bernat que, mig estabornit, preguntava què havia passat i qui era aquell individu. Quan l'esforç de tothom apaivagà els ànims, el Gerard, més mort que no pas viu, fou ficat dins un cotxe després que el senyor Ferràndiz li regirés les butxaques per agafar-li unes claus i ordenés a cau d'orella al conductor a quin lloc havia de portarlo. Abans de perdre el coneixement, sentí dir a unes dones esparverades per l'escena que el xicot escomès era el germà petit de la difunta, el que vivia a París.

L'asèptic baf de l'ambient, de manera inconscient, li indicava que no era a casa. Obrí els ulls. Pel sostre es gronxaven teranyines feixugues. Començà a vigilar-les insistentment, convençut que li caurien al damunt, com tot, i no era remei canviar de lloc perquè el perseguirien... S'havien ensorrat massa coses damunt d'ell en molt poc de temps... Recordava que moltes mans s'havien barallat entre elles, algunes per salvarlo, altres per estomacar-lo... En alguna banda s'havien conxorxat les bogeries que ell menyspreava per considerar-les efectes especials de pel·lícules suades. Però l'Elisenda, desconeixent aquesta opinió seva, li havia demostrat les fragilitats d'una frontera que ell creia inventada. I l'Elisenda no havia estat pas una il·lusió.

Aleshores, entrà aquell homenot del qual el Gerard no esperava res de bo. Mai no s'havien parlat; mai no s'havien vist en persona, llevat d'uns pocs instants durant el funeral. Les úniques coses que en Gerard sabia del senyor Ferràndiz eren que aquest l'odiava perquè considerava que li havia pres la filla i que el coneixia perquè l'Elisenda, que va voler evitar conflictes, també s'havia servit d'una fotografia per fer les presentacions. Però el senyor Ferràndiz no duia cara de guerra; fins i tot, malgrat les circumstàncies, el seu caire lluïa una certa tendresa de vell savi. No va preguntar al Gerard si podia asseure's; simplement, ocupà una cadira que hi havia al costat de la llitera on jeia el noi i deixà passar en silenci uns segons fins que es decidí a xerrar:

—Hola —saludà.

—Hola —respongué el xicot.

—¿Ets el Gerard, oi?

—Sí.

—¿Saps qui sóc, jo?

—Sí, ho sé.

Emmudiren. S'estudiaren una estona sense bellugar-se.

—¿Com et trobes?

En Gerard, amb la roba feta uns pellingots, els llavis bruts per un rastre de sang seca i el cos ple de blaus, va preferir tornar la cortesia:

—¿Com es troba el nano?

—Bé, està bé; no cal que t'hi amoïnis... Ni jo mateix vaig apallissar-lo amb tantes ganes quan em tocava fer-ho... En realitat, no els he pegats mai...

Movent-se per la llitera, el Gerard no sabia com col·locar-se per quedar ben encarat amb el senyor Ferràndiz.

—Si això que diu és cert, hauria de preguntar els seus fills a on han après a fer anar les mans...

—Doncs, mira, a tu també et deu haver ensenyat el mateix mestre, pel que he vist... Et demano que perdonis el Jaume i el Guillem; ells no tenen idea del que ha passat...

El Gerard s'incorporà una mica, afinant un esguard terrible i suportant una punxada que el volia abatre. El senyor Ferràndiz notà una fredor sobtada que no es corresponia a un dia de final de juny.

—Senyor Fernando —remugà el Gerard—, ¿qui té idea del que ha passat?

La resposta tenia el sabor de la derrota:

—Suposo que només jo, des de fa gairebé trenta-cinc anys.

A les mans, premia un llibre molt vell, de poques pàgines, totes esgrogueïdes, amb tapes que havien estat restaurades de manera casolana. El Gerard el reconegué immediatament:

—¿L'ha tret... del pis, oi?

—Sí... Espero que no et sàpiga greu que m'hagi pres la llibertat d'entrar-hi així, per les bones, a casa teva. Vinc d'allà, precisament. Quan t'han estabornit, ho he aprofitat per agafar-te les claus i anar-hi volant... Això —i mostrà el llibre— havia de tornar al seu lloc... ¿L'has llegit?

Despertà del tot en fitar el llibre que no li va pertànyer mai i recordà que no sabia on es trobava. El senyor Ferràndiz feia d'obstacle i de referència dins de quatre parets plenes de prestatgeries amb flascons verds i marrons, barrant l'ordre del seu cervell i foragitant les pistes del que estava succeint. Va intentar llevar-se i un foc en el pit el prostrà de nou. Amb prou feines, distingí mobles blancs i aires d'abandonament. La negra figura del seu davant impedia esbrinar si hi havia cap finestra que indiqués si era de dia o de nit. Tota la seva atenció se l'havien enduta unes enormes teranyines i un persistent mal de cap. I llavors, l'envaí la por. Aquell home, amb tota la tranquil·litat del món, li confessava que havia entrat a un pis que mai no es dignà trepitjar en vida de la seva filla; que havia violat un domicili per emportar-se un objecte que el Gerard qualificava d'inquietant i també de nociu, malgrat no saber si era just en les seves apreciacions. Ajagut a la llitera, va perdre uns minuts preciosos en bajanades i ignorava si allò era una presó, una ratera, o la duana de l'infern que ell ja havia vist. Se sentia més indefens que mai... Semblava que algú reia a l'altre costat del mur...

—¿On som?

—En un dispensari. Digues, ¿l'has llegit?

—¿Quin dispensari?

—Tant és. Va, parla.

—¿Què he de dir?

—¿Has llegit aquest llibre?

—¡No, no! L'Elisenda no m'ho va permetre... El feia servir molt, era la base de la tesi...

—¿La tesi? ¿Quina tesi?

—La de fi de carrera... Bé, ella ho anomenava tesi, però es tractava d'un típic treball universitari, amb força bibliografia i coses per l'estil...

El senyor Fernando s'inclinà cap al Gerard, i no dissimulà un to cobejós:

—¿I on para, aquesta tesi?

Adolorit, el Gerard va callar. El cossot de Ferràndiz amenaçava d'esclafar-lo, i el jove, colpejat per aquella successió de preguntes i respostes esvalotades, pensà ràpidament i va lligar els dos únics caps sobre els quals no dubtava: el llibre, que d'alguna manera havia contribuït a lliurar-los a un objectiu desconegut que els manejà sense pietat, com a ninots, i l'actitud de Ferràndiz, massa llunyà durant mesos i massa proper ara, més preocupat pel que havia fet la seva filla amb aquell llibrot que per qualsevol altra qüestió més adient. Era una pobra investigació la seva, treta d'una estona d'observació, però pressentia que si continuava amb el posat que entre tots li encolomaren a octubre, el de cec, davant un home a qui no sabia si odiar o compadir, es convertiria en la víctima voluntària d'un misteri que mai no havia ensenyat el seu joc. El senyor Ferràndiz ja tenia el llibre, havia escorcollat una llar aliena per aconseguir-lo; la peça indispensable, la que semblava que podia donar coherència al trencaclosques, s'havia perdut. La tesi, de la qual ell coneixia fragments interessants, no semblava tenir relació amb el botí de Ferràndiz, fora de contenir, possiblement, dades o parts tretes d'aquest. Però si cedia en allò, el senyor Fernando tornaria a regirar-li la casa i ell hauria de conformar-se amb un mutis o amb l'empatoll que aquest volgués explicar-li. I el Gerard volia descobrir per què aquell pare pretenia callar la veu de la seva filla morta, l'única veu que podia assabentar-lo del que havia passat sota el seu sostre en els darrers nou mesos.

—¿Què se n'ha fet d'aquest treball? —insistia el senyor Fernando.

—No ho sé.

—A mi no m'enredes, nano. ¿On el tens?

—Li dic que no ho sé.

—Gerard, si us plau...

—¿Per a què el vol, aquest treball?

—¿Tan estrany et resulta que desitgi conservar un record de la meva filla? ¡Vinga!

«¡Elisenda, això m'ho deus! ¡¡¡M'ho deu tothom!!!», cridava interiorment el Gerard per donar-se forces, ignorant la creixent esquerperia de l'homenot.

—¡No t'ho tornaré a repetir!

—¡Vagi-se'n a la merda! ¡Fica el nas a casa meva, em roba i encara creu que l'ajudaré! ¿Què s'ha pensat?

—¡Jo no t'he robat res! ¡Això em pertany!

—¡Li'l va regalar, a l'Elisenda!

—¡No era cap regal, i ella ho sabia! ¡I digue'm d'una vegada on és aquest cony de tesi! —gairebé no podia contenir les ganes de sacsejar el ferit.

—¡No hi té cap mena de dret!

—¡És obra de l'Elisenda i la vull!

—¡És obra meva, també; de tots dos!

El senyor Ferràndiz li arrapà el braç, picat.

—¿Què vols dir?

—¡L'Elisenda no fou l'única que es va cremar les celles esborrallant papers, senyor Fernando! ¿Ho comprén?

L'homenot el deixà anar i va mirar-lo d'una manera que féu empal·lidir el Gerard. Era un esguard ferreny i neutre, però el noi ignorava que contemplava un tel sense el qual hauria trobat un mirall. Fernando Ferràndiz s'havia colpit davant la força d'un ésser que, fins aquell moment, havia considerat inferior. Hauria volgut descobrir un covard, una sangonera, un cuc que poder aixafar després d'haver-li escoltat una relació de planys i de justificacions. Així es revenjaria d'aquell que gosà estimar la seva filla més que ell mateix. Però a la seva mà cruixia el llibre, i això li va ensorrar el gest fent-li entendre que el seu odi s'havia de dirigir cap a l'autèntic culpable. Fou aleshores quan el Gerard veié la seva pròpia feblesa reflectida en aquell home, amb la diferència que Fernando Ferràndiz havia après a fingir coratge.

—¿Vas ajudar-la, oi? —preguntà apocat l'homenot.

—Ho vaig intentar.

—Sí, és clar... ¿Com va morir?

El Gerard respirà profundament i girà la cara cap a la paret. No volia enfrontar-se a allò.

—És una bogeria... No.

—Gerard, si ho saps no pots amagar-m'ho.

—No, no puc, però..., ¿com s'explica una veritat que no ho sembla?

—¿Tan terrible és?

—És una mentida, una farsa, tot plegat..., i, tanmateix, va passar.

Restaren callats uns instants. El Gerard continuava de cara a la paret i Ferràndiz acariciava el llom del llibre. El xicot era sincer i alguna cosa més: un retrat d'ell mateix en els seus anys de festeig amb la Llúcia, quan ambdós ignoraven què era la impossibilitat d'estimar. Potser també era l'esperança, però per a ser-ho calia donar-li facilitats, i això significava rompre el secret. Va sentir-se un esgarip que féu botar el noi.

—¿Què ha estat això?

—Una altra mena de mentida —respongué el senyor Ferràndiz tot allargant-li el llibre—. Té. Llegeix. T'ajudarà a contar-me allò que et sembla tan fals.

El Gerard s'atabalà. ¿Aquell home canviava d'opinió així, de cop? ¿Transigia? No, no podia refiar-se'n, no podia, però... Tants mesos a casa seva sense poder fullejar-lo, tanta autoritat allà oculta... L'espaordia tocar aquella rampoina, però havia d'agafar-la. Ho anhelava massa. Va prendre'l. Quan va palpar-lo, advertí que fallava alguna cosa. Li féu la volta i trobà una pàgina escrita com a contraportada.

—Falta una part —digué—. Està trencat.

—No he trobat l'altre tros —afirmà Fernando Ferràndiz—. L'escampall que tens dins d'aquella habitació és monumental. No podia entretenir-me regirant papers, però el que hi ha aquí pot ser-te útil. Llegeix. Ara.

La serenitat de l'homenot contrastava amb un guirigall pertorbador que, sobtadament, va esclatar a l'exterior. Lladrucs, udols, riallades, tot s'estimbava en una llunyania latent. Un interrogant cremà els llavis del noi, però Ferràndiz denegà amb el cap, sense deixar-lo parlar mentre li assenyalava el llibre amb la mirada. Vencent un naixent terror provocat per aquell enrenou, el Gerard, presoner d'un munt de contradiccions, va capbussar-se en la lectura i va oblidar, momentàniament, les preguntes que tenia pensades.

«RELACIÓ DE LOS FETS HERÈTICS
QUE SE DONAREN EN LO NOBILÍSSIM BISBAT
DE CALAHORRA DURANT LO REYNAT DE
SA CATHÒLICA MAGESTAD CARLES II,
ESCRITA PER CHRISTÓBAL FERRÀNDIZ
DE DÀVALOS

»Jo, Christóbal Ferràndiz de Dàvalos, en un altre temps comissari del Sant Offici en lo Bisbat de Calahorra, ara membre de la Hermandad de San Pedro Mártir y retirat del món en aquest convent de l'Orde dels Predicadors, sentint cada vegada més forta y clara la veu de l'Altíssim que me crida a sa presència perquè li reti comptas de mos actes a la terra, vinch en aquesta hora a relatar, sens temor a condenar-me als ulls del Sant Offici per violar lo vot de silenci al que tots sos empleats estem sotmesos, los esdeveniments herètics succehits a Calahorra l'any de Nostro Senyor de mil sis-cents vuitanta-dos, los quals, per cautela d'un gran amich meu que fonch un dels inquisidors de Logronyo y de tot lo tribunal que jusgà lo cas, no se feren públichs. Que lo que segueix sia exemple del poder del Maligne, lo qual may dorm y no dubta en entrar en llar sagrada per sembrar la zitzània y fer caure en lo llot del pecat lo més incorrupte dels vius.

»Advertexo que no diré aquí més noms que los necessaris y que ocultaré en tot moment segons quines identitats y la naturalesa d'un horrible fet que després desvetllaré en part, puix que d'eix només Déu ha de ser jutge y no los hòmens hereus de Babilònia; d'aquestos, són aquells de ma sanch los únichs que han de conèxer lo mal que'ls afligeix per a axí evitar en lo possible las arts que l'infern los reserva per a l'esdevenidor.

Per ço últim, contant ab la divina misericòrdia, trenco mon vot ab lo Sant Offici y parlo d'aquestas penas que amenasen ab perllongar-se de pares a fills dins los Ferràndiz y que han d'enterar en primer lloch a los membres de la família y, si axí volguessen aquestos, a la resta dels mortals per a que tothom tanqui sas portas al pitjor dels mals. Escric aquestas línias per a los hòmens temerosos de Déu per tal que treguen ensenyansas proffitosas d'aquesta història, malgrat que per arribar a ellas se tingan que patir grans dolors que hem d'aceptar com a prova que Déu nos posa.

»Jo naixí l'any de Nostro Senyor de mil sis-cents trentados, quan governava las Espanyas lo bon rey Felip, en un temps en el qual tot l'avalot passava a Viscaya y en una illa de nom Curaçao hont los rebels holandesos havien desembarcat. De petit m'agradava oir a mon avi contar l'origen dels Ferràndiz, de com s'enriquiren en los segles dominats pel regne d'Aragó y de com guerrejaren contra moros a Mallorca, lo que fonch fonament de son privilegi y honra. D'eyxa història cavalleresca y virtuosa sorgí ma fe y ma vocació, y dirigí mos pasos al servey de Déu, del qual he estat y soch fael vassall y humil servidor. En aqueixos anys d'estudi y de recolliment coneguí el que seria un de los inquisidors de Logronyo, home recte y devot, ab qui compartí juventud y també lo diví goig de l'amistat.

»Ordenat sacerdot, comensí a predicar la paraula de Christo en llogarrons propers a Toledo, a hont finalment se m'installà com a mossèn. Coneguí allà a gents molt distingidas que me fiaven sas preocupacions, tenint jo la fortuna de dir-los quin camí prendre per trobar la pau d'esperit y no extraviarse per senderas falsas. Alguns, agrayts, m'acolliren com a amich y s'offeriren per a resoldre'm qualsevol assumpte. Tinguí bona prova d'assò quan, mercès a un d'aquestos favors, ma germana Leonor anà a fer de dama de companyia d'una gran senyora de la cort. D'aquí arrenquen mos contactes ab seglars il·lustres de la capital interessats en matèria religiosa, ab los que discutia de theologia y de cosas proffanas. En aquells dias, mon germà Manuel marxà a viure a Calahorra ab sa muller y sos tres fills encara nens. Comensava axí ma sort y ma desdicha.

»Uns anys desprès rebí, ab gran sorpresa, avís de mon company de juventud, nou inquisidor de Logronyo, el qual me reclamava ben aprop seu, en lo bisbat de Calahorra, puix havia allà vacant una plassa de mossén que comportava ademés exercir lo càrrech de comissari del Sant Offici. Aquestas col·locacions estaven molt sol·licitadas a causa del prestigi y los privilegis que aportaven, compensant ab escreix que'ls serveys a realitzar no fossen remunerats, condicions totas vuy encara vigents. Per servir a la Inquisició, me recordava mon amich, havia de presentar documents que acreditassen que a la família Ferràndiz no hi havia antecedents herètics y que era linatge de christians vells, y resolguí lo tràmit enviant-los un certifficat de puresa de sanch, requisit que se m'endugué un temps y uns diners, ja que l'autentifficar aquestas cosas per evitar y descobrir abusos, suborns y falsifficacions ha de passar per molts ulls. En realitat, mon amich m'offerí lo càrrech de comissari no només per son affecte vers mi, sinó perquè conegué y confraternitzà ab la família de mon germà Manuel y rebé en differents ocasions notícias de mes activitats mercès a aquells senyors ab los quals me cartejava y que ell també tractava. Sent tan ben vist y enyorant lo retrobament ab los meus, partí immediatament cap al Bisbat de Calahorra, hont me consagrí a la nova feina ab zel extraordinari y cuydant de mantenir intacta la fe cathòlica en aquell loch, ab l'assistència d'un notari de la Inquisició.

»Hora és que confesse que ma activitat no acabava ab las missas y la persecució de los enemichs de la fe. Aquest és mon secret més ocult perquè ha amagat una aspiració que d'haver-se complit hauria donat a la terra lo goig de ser la perla de la corona de Christo. En ma parròquia havia un soterrani que vaig agençar donant-li l'aparença d'una botica y hont me dedicava a una tasca que per mal utilitzada passa per pecaminosa. Agaffava de la naturalesa herbas de las quals los hòmens abjuraven per ignorància, por o menyspreu, olvidant que Déu no construí sa obra a capritx y que féu lo que féu seguint un pla en el qual no havia lloch per convertir la naturalesa en tramposa, sinó en bàlsam y llar de totas las criaturas. Ma idea se guiava per un rahonament senzill: si los metges sanaven lo cos de malaltias que debilitaven ànima y ment fins fer apropar aquestas al dubte y al perill de la possessió, ja que tot esperit alterat pot veure's assaltat per los dimonis si lo seny és fluix, seria un exercissi valent buscar los remeys per enfortir ànima y ment per tal que las malaltias del cos no poguessen tocar-las. Assò havia de venir de l'obra divina, que si disposà en son dia que los hòmens sanassen de ventre y de quexals, també concederia aquest progrés per a major glòria sua. Proposicions semblants a la meva passaven per bojas y inclús per herètics, y per ço callava mos treballs renunciant axí a presumir d'ells, ja que podien ser malinterpretats o ser mirall d'envejas, y jo conech a molts que, affirmant que la vida va provehida pel Totpoderós y que per sa gràcia res ha de faltar-nos, olviden que fonch Ell qui posà l'home a la terra per a que guanyés lo pa ab la suor de son front y trobés sens ajut los medis per deffensar-se de los perills que l'envolten, ja que si alguna cosa se premia a totas bandas és l'esforç y més si és per voler fer-nos més savis y més dignes de nostro Creador. No parlaré de los mètodos ni de los materials utilitzats en aquestos treballs, que foren variats y de distinta sort, puix de dexar testimoni d'assò se'n podrien aproffitar aquells orientats per la codícia y que inventen venenos y burlas que separen de la ciència a los hòmens, y jo no voldria pas que mon secret fos danyós en mans de las legions de l'Enemich, que eyxos venen pare y mare per quatre reals. Però sí vull dir que descobrí forsas trapacerias y beuratges de los que usen los malvats y las bruxas per endimoniar sas víctimas, y que eix saber me permeté anul·lar sas influèncias mercès a los antídots que elaborava. Poch a poch, elements nauseabunds poblaren lo soterrani perquè me convencí que combatiria millor lo mal si conexia bé sas armas y la forma de girar-las contra aquest. Fiquí en gàbias molt estretas muntons de gripaus, escorpins, colobres y llangardaxos, vius y morts, axí com fenomens de la mena d'un xai ab dos caps que nasqué durant un nadal. També me serviren en mon propòsit llibres molt diffícils de trobar tant vuy com en aquexos anys y que no contaré com m'arribaren a las mans per no venir al cas; en ells se relataven las experièncias d'alquimistas notables, de Zòsimo de Panòpolis y Maria la Jueva, o del Papa Silvestre II, Sant Albert Magno, Roger Bacon, Arnau de Vilanova, Ramon Llull y Paracels entre los creyents. De las xaffarderias sobre nigromants que corrien pels carrers prefferia no fer-ne cas, puix havien d'estorbar-me en lloch d'ajudar-me sent com eren superstició y bulo en gran part, quan no resultaven ser maledicèncias entre veïns. Axí transcorregué poch més d'un lustre, y en eix temps uns nens crexeren.

»De los fills de mon germà Manuel, Emília y Álvaro posseïen moltas y elogiosas virtuts que'ls distingien de la resta de los de la sua edat, sens desmeréxer per ço a Juan, mon nebot gran, lo qual quedà fora d'aquesta espantosa història. Álvaro era un mosso ben plantat al qual festejaven totas las fadrinas de los volts per sa distinció y son bon ànim, però son humor, inclinat a la melangia, lo feya mostrar-se dèbil davant las pretendents y lo duya a reffugiar-se en la família. Sos pares havien posat en ell totas sas esperansas y yo m'offeria de bon grat per buscar-li una col·locació a la cort o ses proximitats, puix li veya aptituds per desempenyar bons officis en los assumptes del regne o, si era més prefferible, en las tropas de Sa Cathòlica Magestat. Però ans era menester que prengués esposa, puix home ab muller y hisenda és més ben vist que aquell que per anar sol pot passar per descarriat, segons acordàrem sos pares y jo, cosa a la que ell posava reparos argumentant que no li agradaven las mossas d'allí y que esperava trobar millor partit una vegada instal·lat en son destí. Me semblaren assenyadas sas rahons, a pesar que li fiu notar que un home jove y cèlibe podia ajuntarse en lloch tan gran y poblat ab malas companyias y ser víctima d'un casori per reparar un honor de dama malmenat, ab las conseqüèncias que tal acte implica. Seria una cosa que no agradaria a sos pares, y pitjor motiu de baralla entre las famílias que aquest no existex. Però com sempre havia demostrat tenir tan bon judici en tot, no me preocupí més y seguí ab mes diligèncias per trobar-li proffit a la cort.

»A ma neboda Emília ningú l'havia orientada vers cap venidor; si bé acomplia faelment ab sos deures religiosos no se la veya inclinada cap a la vida monàstica, y lo lògic hagués estat concertar-li un enllaç ventatjós ab alguna de las fortunas de Calahorra, però assò últim resultava diffícil perquè Emília era poch agraciada y no podia ser ben dotada per la família. Déu li havia regalat dons preciosos, tots ells espirituals y de los que enfortexen l'ànima, però li negà la gallardia de las hermosas que tant se pondera y aclama en aquest món terrenal. Emília era exuta y pàl·lida, com si la mort la rondés adornant-la ab son propri aspecte; sempre semblava malalta, bé que pocas vegadas ho estigués de veritat, y com sos ulls eren los més vius de la família molts deyan fent broma que era cosa d'admirar que sobre un os tan pelat hagués prou carn per a sostenir ulls tan grans y plens. Sens lo consol de Déu, que no li atreya, y sens el d'un marit, puix los jóvens no la volien a ella y ella no volia los vells, Emília comensà a afligir-se.

»Aparegué aleshores una vella que may ningú havia vist abans per Calahorra. Era un esquelet encorbat, sens dents, endolat, de vista apagada y arrugas tan proffundas que d'aprop sa pell semblava treballada ab una mala arada. Demanava almoina pertot arreu y no passà de llarg davant ma parròquia, hont solia parar quan la missa era més concurrida, mal que may entrés per oir-la. Jo li feya caritat al trobar-la, axí com ma neboda Emília, que a forsa de veure-la gairebé a diari per las matexas horas acabà interessant-se per ella y donant-li conversa.

»Poch després hagué canvis a casa nostra. Emília tenia millor color de cara y suplia ab un viu ingeni las imperfeccions de son cos. Aquesta millora l'acompanyà d'ausèncias en sas obligacions ab Déu, y se m'ocorrí que potser per fi havia trobat en lo món home que l'estimés, però que aquest mateix li feya relegar l'elemental. Que influència tan sana però tan voluble borrés lo contacte de los christians ab Iesús, no era just ni digne de bona intenció ni de bon procedir. Ella negava conèxer cap home, y alguna cosa me digué que mentia, puys son esfors per semblar bella se li notava.

»Un matí que no olvidaré, una parroquiana molt devota que me tenia apreci vingué a veure'm fora de las horas de missa perquè volia confiar-me una història terrible. Me creguí que demanava confessió, però me digué que lo succés que anava a revelar-me no l'affectava a ella, sinó a mi, y que venia a contar-me'l abans de que per la parròquia se parlés massa y lo rumor s'estengués per tot lo Bisbat. A resguard de miradas indiscretas escoltí de sos llavis l'últim que jo podia imaginar: Emília s'entregava a qualsevol home que li solicitava sos favors sens distingir edat ni bossa. Assò, dit d'eyxa manera, signifficava una greu acusació de luxúria. Pregí a ma informadora que me detallés tot lo que sabia, y aquesta, ab visible repugnància, no s'oposà a continuar lo comensat. Ometo aquesta part per son neffand contingut, tan escandalós com la conducta d'Emília, la qual no demostrava cap pudor en sas disbauxas y s'exhibia en un hort proper y abandonat a la brossa, però obert al balcó de ma parroquiana, confiant que en los capvespres pochs ulls la mirassen, com resultà ser, gràcias a Déu, ja que ningú més vingué a comentar-me històrias semblants. La dona assenyalà que en aquestas escapadas l'acompanyava sempre la vella y desconeguda pidolaire a la que tots los bons cors auxiliaven, y opinava que aquests excessos devien ser obra sua, puix sempre era ella qui parlava ab lo home en questió ans que aquest cometés lo pecat, y qui officiava durant lo matex una mena de cerimònia pagana usant una llengua estranya per a los christians mentre caçava ratolins y altras bestiolas, cosas hont la declarant veya, y jo ab ella, la mà del diable, puix en cap moment s'esmentaren diners allà, lo que hauria indicat comers y vici y no intervenció malèffica, encara que era impossible de saber si lo pagament, d'existir, s'havia effectuat ans que los implicats arribassen a l'hort. Alcavota o bruxa, la vella era igualment una serva del dimoni.

»Després de recobrar-me de la notícia me posí a pensar. Seguiria una sèrie de passos lògics, tenint en compte que tot l'oït podia ser incomplet o en part erroni. Me guiaria per la reserva, perquè sens provas ni confessió de los que protagonitzaren tals actes era arriscat atrevir-se a jusgar. Com me resistia a involucrar a Emília en aquella enormitat, fiat d'allò que diu que de nit tots los gats són negres y que, per tant, podia ser una altra la femella que se donés a eyxos extrems, resolguí no parlar-li del cas y dexar-la fora d'assò per lo moment per anar a la que semblava la rel del problema, la vella captaire, de la qual tampoch ne podia estar segur.

»Determiní tantejar-la quan vingués a demanar almoina. L'oportunitat se me presentà prompte, però com jo no he estat may amich de tractar ab ningú en lo carrer, volguí fer-la entrar en l'església ab lo pretext de voler donar-li menjar en lloch de moneda. No aceptà y se resistí davant ma insistència. Sa negativa me féu dexar tota prudència y descarreguí damunt d'ella improperis y anatemas, l'angúnia que havia acumulat en pochs dias, sens saber si de debò era culpable de res. S'espantà moltíssim y marxà d'allà cridant, y creguí haver perdut la partida, puix entenguí que no se m'aproparia altra vegada o que, si ho feya, me seria més difficil treure-li alguna cosa. Emília seguia ignorant, però ara tenia afficiò a exir per las tardas. Dissimuladament, usant una excusa qualsevol, aconseguí que sos pares m'enterassen de sas anadas y vingudas. Me sentí molt confortat a l'oir que era a casa sempre que lo sol se retirava.

»Las cosas anaren tranquil·las unas setmanas, més per manca d'ideas y de medis per ma part per veure la llum en aquell fosc assumpte, que per disfrutar de la pau d'esperit que se les suposa a los nets de cor. No podia treure'm tot allò del cap, tement que potser algú més indiscret que aquella bona parroquiana sabés del cas y fes córrer la veu. Però tampoch era tanta ma fe en aqueix relat per a que m'obligués a acudir al tal hort y presenciar que ocorria allà, per bé que curiositat no me faltava; suposo que devia témer trobar-me ab alguna cosa que no m'agradés. Aleshores fui dèbil y assò donà forsa al Gran Enemich, massa forsa.

»De sobte, tots los camins per arribar a conéxer l'horror y sa magnitud se rasaren. Un matí rebí en lo confessionari un home que s'acusà d'haver pecat contra lo sisé manament, y me tocà escoltar altra vegada la història que m'atormentava, incluint los manejos y extravagàncias de la vella, a la qual lo penedit tenia per boja. Li demaní una descripció d'aquesta y no m'admirà el reconèxer lo retrat. No esmentà per a res ma neboda, a la que potser no conexia, limitant-se a dir que la mossa era d'aquestas o d'eyxas midas. També estava clar que no se tractava del negoci del vici; a l'home no li cobraren res per pecar, puix la mossa se li offerí de molt bon grat. Per lo demés, havia un canvi: no succehí en aquell hort, sinó en un estable. És a dir, que la vella, sens dubte alarmada per la manera com l'abordí, s'ensumà alguna cosa y abandonà l'emplaçament que tenia. Acomiadí aquell home com bonament poguí, sens imposar-li molta penitència, perquè ma ment ja estava lluny d'allà y treballava en mil projectes. Ja no havia excusa per a seguir ab los brassos plegats. Però fou impossible trobar a la causant de tot, com si l'infern hagués fet que la terra se l'engolís. Vaig dexar córrer la recerca després de remoure las pedras de Calahorra y vigilar estables, carrerons y fins lo cementiri quan los carrers quedaven deserts.

»Podia considerar-se acabat lo cas, ja que l'instint d'aquell ésser diabòlic li aconsellà marxar y dexar de perdre mossas, puix al final pensí que la vella se dedicava, guiada per sas naturals intencions perversas, a desviar noias jóvens del camí recte. Moltas cosas que m'inquietaren no tingueren cap sentit aleshores, y mirí la història de la parroquiana des d'un punt de vista més crítich; indubtablement, la llunyania, la nit y lo cansament propri de l'hora, més la sorpresa que li hagué de provocar l'escena, la feren errar y veure lo que no havia y confondre los desvaris d'una endimoniada ab pràcticas cabalísticas y a una noia qualsevol ab ma neboda, equivocacions totas sens mala fe. No havia rahó per a la calúmnia.

»Disposat a fer de nou ma vida normal, retorní a mon soterrani y a alguns experiments que quedaren incomplets. Poch temps després, enfrascat en un d'eyxos treballs, no m'adonava que se feya de nit; de sobte, se sentí un gran tumult a dalt, a l'església: esgarips, cops, crits, blasfèmias. Tot ressonava en lo buit. Sortí corrent de mon reffugi y me trobí ab mon nebot Álvaro carregat ab la vella que yo creya fugida de Calahorra. Aquesta, debatint-se furiosa, danyava mos oïts ab espantosas paraulas d'offensa contra Déu, però no aconseguia que Álvaro, a qui la indignació feya irreconexible, la dexés anar. Ell tenia la mà ferida per una mossegada de la vella, a la qual havia tapat la boca per dur-la fins allí sens soroll y impedir-li ademés demanar auxili. Quan volguí preguntar què passava, Álvaro tirà al terra son botí, que patí per ço gran mal, y me digué: «Agaffeu-la, oncle, puix és l'esclava del dimoni y te presa Emília». La vella quedà estesa a terra, plena de terror y sens poder axecar-se perquè la mà de Déu l'axaffava ab més forsa que lo dolor de la caiguda. Quan alcí la mirada, Álvaro ja havia desaparegut. A partir d'eix moment, tot succehí ab molta rapidesa. Arrosseguí la vella, ara tremolosa, fins a la sacristia y la dexí tancada allà. Ni sabí ni poguí preguntar-li res, puix me preocupaven las paraulas d'Álvaro, que sens cap dubte m'anticipaven una terrible revelació y potser també la resposta a la matexa.

»Me presentí a casa immediatament, però Álvaro no estava. Mon germà digué no haver-lo vist des de la tarda, y me preguntà què li volia. Aleshores, Emília arribà de sa habitació en camisa de dormir y no me contenguí d'interrogar-la a l'instant: ¿Hont passava las nits y ab qui? Ella se limità a somriure com venia fent últimament, y mirà son pare com si fos aquest qui hagués de respondre. Axí estàvem quan nos interrompé un home que cridava a la porta pregant entre xiscles y gemecs que li obríssim. Era un llaurador amich nostro y venia a comunicar-nos la desgràcia: en una arbreda pròxima a l'exida de la ciutat, havia aguaitat un mosso que se movia de manera estranya; semblava foll, desesperat, udolava a la lluna mentre se colpejava lo cap ab los punys. Creyent que era un ebri que anava perdut, fonch a buscar-lo per evitar-li pitjors mals, però quan arribà a hont l'havia vist per darrera vegada no lo trobà. Mirà una mica més allà y veié una figura que se balancejava en l'ayre. S'apropà y la reconegué. Era Álvaro. S'havia penjat.

»¿Què se pot dir del lacerant dolor que s'apoderà de nosaltros? Cap descripció s'ajustaria a la realitat. La muller de Manuel se desmayà y a Emília se li ensorrà aquella serenitat ab la que se deffensava. Caigué en un atac de fúria y de ploralla que jo no volguí calmar. Nos calia quedar-nos sols, y maní al bon llaurador que avisés la justícia y que anés després a guardar lo cadàver. Llavors, aguantant-me la pena, contí a ma plorosa neboda lo succehit a l'església y la comminí que confirmés o reffusés tals acusacions. May sortiren de sa boca en tot lo que duya viscut tantas abominacions; excitada per la impia mort de son germà, admeté estar en tractes ab la vella y se vanaglorià de saber quins marits eren infaels a Calahorra. Son pare y jo nos quedàrem astorats, però sabérem reaccionar quan la ràbia la impulsà a atacar-nos. Tinguérem que reduir-la y ficarla en son quarto y barrar porta y finestra de aquex.

»Axí comensaren dos anys funestos, en los quals ma condició de comissari de districte del Sant Offici —puix la naturalesa del assumpte entrava de ple en sas competèncias, com se veurà— me fonch un càstich y no un privilegi. Havia d'interrogar l'ans bondadosa Emília, rebre informacions delatoras respecte d'ella (lo Cel volgué que no m'arribés cap), inspeccionar sos béns... Álvaro fonch enterrat sens cerimònias baix un terreny estèril, puix son acte li negà lo repós en terra sagrada. Son òbit se comentà molt, y advertí en los dias següents que los faels me miraven ab certa llàstima durant la missa. Ningú me remogué l'aflictió recordant-m'ho y prefferiren doldre's en silenci. Tampoch notà ningú l'ausència d'Emília; ja s'havien acostumat a no veure-la gaire y menos en l'església. Affortunadament, l'horror que motivà la bogeria d'Álvaro no havia arribat als carrers; restaria ignorat y axí havia de continuar per sempre o fins que l'autoritat inquisitorial ho considerés convenient. Eyxa era ma voluntat.

»Emília y la vella havien estat totalment aïlladas del món en la presó secreta que lo Sant Offici tenia disposada a Calahorra. Envií immediatament notícia detallada de l'ocorregut a mon amich l'inquisidor de Logronyo, pregant-li que acudís a las audièncias preliminars y exhortant-lo en nom de la nostra antiga amistat que no parlés d'aquell assumpte. Vingué a la setmana següent y molt estranyat, perquè pensava que aquell cas pertanyia al bras secular atenint-se a lo que jo explicava en ma carta. Quan li exposí lo que havia callat en aquesta —los indicis de bruxeria— canvià de parer. Vaig respirar aliviat oint-lo assegurar que faria lo que estigués en sa ma per evitar que la història transcendís y arribés al Consejo de la Suprema y General Inquisición, la qual potser no veuria ab bons ulls la implicació de la família d'un de sos comissaris en un fet tan escandalós.

»Sens més demoras nos comensarem a moure. Ell tornà a Logronyo per dexar acordadas cosas que tenia pendents y jo m'encarreguí de preparar lo lloch hont havien d'effectuar-se las tres audièncias preliminars de rigor. Segons las reglas, aquestas havien de dur-se a terme dins los deu dias següents a la detenció, però mon atabalament y lo desitg de tenir al meu costat mon amich durant un tràngol tan diffícil, retardaren lo primer interrogatori prop de dos mesos. Francament, considerava positiu que l'estada d'Emília y de la vella a la presó s'allargués, puix assò las trencaria son mal esperit, florit per la foscor y la fam, y nos faria obtenir una ràpida confessió.

»Mon amich l'inquisidor tornà acompanyat d'un jove fiscal y de dos ex-soldats sords-muts y corpulents que tenien la missió de custodiar las presoneras davant nosaltros. Lo fiscal, com jo, tenia un deute ab mon amich y no diria una paraula de lo que allí s'esdevenís, y potser, si mos esperansas s'acomplien y tot se sabia d'entrada, no seria necessària sa intervenció, puix lo contrari signifficaria esgotar y endurir los medis. De moment se quedaria al marge, ja que no havia de participar en las audièncias, en las quals me tocava fer d'escrivà.

»Iniciàrem lo procés. En lo dia del primer interrogatori, instal·lats en una cambra contigua a los calabossos de la presó secreta, tota entapissada de negre y il·luminada ab torxas, los ex-soldats, obeint una senyal de l'inquisidor, nos portaren la vella. No semblava gens intimidada. Seguint lo procehiment normal, se li preguntà si sabia per què havia estat detinguda. Digué que no d'una manera molt esquerpa y l'inquisidor respongué a assò lo previst davant aquesta actitud: «En este Santo Oficio no se acostumbra prender persona alguna sin bastante información de haver dicho, hecho y cometido —o visto hacer, dezir y cometer a otras personas— alguna cosa que sea, o parezca ser, contra Nuestra Santa Fe Cathólica y Ley Evangélica que tiene, predica, sigue y enseña la Santa Madre Iglesia Romana, o contra el recto y libre exercicio del Santo Oficio».

»Dit assò, se li repetí la pregunta. No hagué forma de fer-la parlar. Jo ja m'ho esperava d'ella y me lo prenguí ab calma, perquè confiava que Emília donaria millor resultat. Ma neboda hauria reflexionat y son seny natural aparexeria triümfant. Ma previsió d'haver-las separat en son tancament serviria mon desitg. Però quan Emília comparegué davant nosaltros, sa negativa a contestar si sabia per quina causa estava presa me sonà com un tro dins lo cervell. Inclús mon amich quedà desconcertat, però seguí endavant y li recordà, tal com havia fet ab la vella, que una ràpida confessió accelerava la conclusió del procés y li concedia la gràcia de la inquisició, la qual només pretenia reffer los extraviats y retornar-los la condició de bons cathòlics; no obstant assò, si lo fiscal era cridat perquè la informés de las acusacions que pesaven sobre ella, no se podria fer marxa enrera y la maquinària de la lley arribaria fins lo final. Emília no pogué ser classifficada com a confitente ni com diminuta confitente: no reconegué sa culpabilitat. Fiu grans esforsos per no escopir-la a la cara. Lo que jo patia ningú ho imaginava, y eix patiment s'agravà en las dues audièncias següents. Al no aconseguir-se cap declaració, se féu imminent convocar lo fiscal. Però quedava una alternativa: retenir indefinidament las presas fins que una d'ellas trenqués son silenci. La cosa podia perllongar-se mesos, però decidírem de comú acord seguir aquesta via y desestimar l'entrada del fiscal.

»Axí donchs, cessà tota activitat. L'inquisidor y son seguici tornaren a Logronyo a l'espera de novas y jo incloguí en mas feinas quotidianas anar a la presó secreta a determinada hora per oir d'aquellas donas una paraula de penediment o lo que nos negaren en las audièncias. Effectivament, tal situació, ben enutjosa per a mi, s'aguantà més de mitg any. Jo, al principi, las parlava compresivament volent fer-las notar la inutilitat de son obstinat mutisme; ab Emília no vaig regatejar la dolçor ni la promesa ferma d'intercedir per ella en tot moment. Quan vaig veure que l'una y l'altra semblaven riure's de mi en ma cara, passí a las amenasas y a los modos violents. Estava a punt de tornar-me boig havent de fingir serenitat davant mos parroquians, que desconexien tot l'assumpte, y contemplant com la família se malmetia, ja que mon germà y sa muller havien renegat de filla tan pèrfida y la donaven per morta. En lo món, ja només los quedava Juan, mon nebot gran, y los fills d'aquest.

»Finalment, esgotada ma paciència, crídi altra vegada a mon amich l'inquisidor y li dexí ben clar que ara no haurien més dilacions. Aquells dos dimonis serien jusgats, cadascun per una banda, però sens reprimir rigors a cap. Ja no tindria pietat per Emília.

»Lo fiscal se portà elaborada l'acusació, basada exclusivament en ma declaració y en lo resum de los interrogatoris preliminars. Los càrrechs quedaren ben deffinits: comers carnal y bruxeria. Jo, realment, no tenia provas materials de cap de las dues cosas. La història de la parroquiana, la confessió de l'home y lo tràgic final d'Álvaro, precedit d'aquellas paraulas tan contundents, eren las cartas ab las que jugava, sens olvidar las imprecacions y mitjas veritats que Emília havia profferit després d'enterar-se de la mort de son germà. Però mon propi testimoni era més que vàlid y contenia la transcripció d'altres dos, y ab assò lo fiscal ne tenia prou.

»Constituït de nou lo tribunal, fonch cridada una de las acusadas. Aquesta vegada, los ex-soldats se feren acompanyar primer d'Emília. Lo fiscal llegí en veu alta las acusacions y, com era son deure, exigí que, en cas de dubtar-se de...»

El relat quedava tallat aquí.

Tot mossegant-se els llavis, li tornà el llibre. La lectura l'havia deixat pensarós, fred, i Ferràndiz va haver de burxar-lo.

—¿I doncs?

La veu que va contestar ensopegava amb els dubtes del record.

—No sé... Justifica la meva participació en l'afer, sí, la vessant històrica de la tesi, segons ella. Va demanar-me unes dades precises referents a aquesta època, i en això va consistir la meva col·laboració... Bruixes i reis, li interessaven bruixes i reis... I la mentida, el que la va matar, ¿comprèn?, venia de lluny, de prop, d'arreu... De la resta... No ho lligo amb res, ho sento; és tot el que se m'acut ara. Si sabés què diu la part que falta...

—La buscarem junts, no t'amoïnis.

Fora xiulaven, i el Gerard va serrar els punys tot accelerant els seus mots.

—Em va enredar des del principi. ¡La seva família, alguna cosa del passat de la seva família la va... la va...! Perquè és això, d'això es tracta, no puc treure més conclusions d'aquesta relíquia! Mai no em va consentir fer una ullada ni al llibre ni a allò que estava escrivint... ¿Què he llegit, dimonis, què vol dir? —va caure en regions íntimes, es despullava i es feria alhora— Jo l'estimava massa i no sabia negar-li res. Tenia por de perdre-la si m'interferia en la seva feina... Em va prometre la felicitat un cop acabada la tesi, em tractava com a una criatura i jo li ho vaig permetre perquè... perquè la necessitava, necessitava el seu amor... Sóc un maleït egoista, ¿oi?... —de la gola li sortí un brot de rialla masegada pel gemec—. No entenc res, no entenc què significa aquesta història, no sé que faig aquí... ¿Què li importava, a ella, tot això? ¿Per què li importava més que jo i més que el món actual? Era lliure...

—¡Gerard, si us plau —va interrompre'l el senyor Ferràndiz, que semblava contagiat del nerviosisme del noi—, mira d'ordenar-te les idees i fes memòria! Dius que no havies llegit el llibre, que l'Elisenda no et va deixar veure el seu treball, que et creies a ulls clucs allò que ella et venia... Gairebé no saps res de res, però has atacat el meu fill sense saber qui era..., perquè tu no el coneixies d'abans, ¿veritat?

—No... Sí... ¡No, no! —quequejà atordit el Gerard.

—Llavors, ¿per què has atacat el Bernat?

—¿Què diu l'altra part del llibre? —preguntà tot d'una el xicot recuperant un bri de lucidesa.

—¿Per què has atacat el meu fill? —insistí el senyor Ferràndiz alçant la veu sense atendre res més.

I el Gerard s'aixecà veloç agafant-se del braç de l'homenot, turmentat per la confusió i el dolor dels mastegots, i va cridar-li enmig d'una cantarella desgavellada que sonava a l'aire destorbant-li els pensaments:

—¡¡¡Perquè el vaig veure matar l'Elisenda!!!

Disfresses

«París, 20 de setembre de 1988

»Hola, papa.

»Ja tinc un cau nou; és a la cruïlla del boulevard Sebastopol amb la *rue* Rivoli, un lloc caríssim, amb el Louvre a la dreta i el Centre Georges Pompidou a l'esquerra. De moment, no hi ha telèfon, però ja el tindrem, així ens ho ha promès l'amo de la casa, un paio collonut que està mig sonat. És d'aquells que, quan tenia la meva edat, va llençar pedres contra l'Estat; ara, l'únic que llença són els diners i ho fa en benefici de l'art, que és la revolució en què encara creu, la revolució que considera «permanent». Som vuit a la *maison*, tots pintors menys el nostre mecenes, que juga als escacs i administra els quartos que treu a les velles que el mantenen. No t'escandalitzaré amb els mètodes que utilitza per cobrir despeses, tranquil.

»El meu trasllat a aquesta banda del Sena es més important del que sembla, no exagero pas. Tinc la impressió que el meu nom deixarà la foscor un dia d'aquests i que em convertiré en l'enèsim pintor català que triomfa a París. Alegra-te'n, ja no has d'enviar-me pasta; l'ovella negra té un raconet en les agendes d'alguns marxants d'art i es disposa a ser *l'enfant terrible de la rive droite*, si cal. I si trobes que faig massa el fatxenda, pensa què m'esperava en un país on es fàcil néixer artista i on és gairebé impossible demostrar-ho. ¿Ja s'ha muntat el Museu d'Art Contemporani a Barcelona, o encara no s'han mort tots els contemporanis per poder-lo inaugurar?

»Parlant d'una altra cosa, t'agrairé que quan pugui posar-me en contacte amb tu (demanaré hora per aconseguir un telèfon a l'oficina principal de Correus, com sempre), sàpigues dir-me a on ha anat a raure l'Elisenda; no t'emprenyis, papa, és llei de vida que els colomins deixin el niu. ¿No ho vas fer, tu?

Ah, i ja que d'adreces va la cosa, si no he escrit la meva completa és perquè t'adonis que la qüestió dels diners que abans he esmentat és seriosa; viuré del meu treball i prou. A més, les quatre ratlles que de vegades em remets només són una desfilada d'esdeveniments familiars que tu consideres catastròfics, com és el cas de l'Elisenda. Per rebre segons què, més val no rebre res; i t'ho dic amb tanta claredat perquè sé que no et farà ni fred ni calor.

»He de plegar; tinc un quadre a mig acabar i sis competidors que em copien amb la mateixa barra amb què jo els copio a ells. No sé si arribarem a formar una generació pictòrica, però, de moment, ens ho passem força bé.

»Petonets a tothom, llevat d'aquells que creguis que no s'ho mereixen.

»Ja et trucaré. *Adieu.*

Bernat»

La Diagonal, com tot Barcelona, és, a quarts de deu, un espectacle que es nega a ell mateix. Per a uns encara és de dia, i disfressaran les dues de la matinada amb l'aspecte de les onze de la nit, prometent-se així unes hores més de gresca; per a altres, el sol mor prop de les set i el cansament de la jornada els ha convertits en ventafocs que no poden anar a ballar, perquè la rutina és una madrastra o una sogra que prohibeix innovacions. En una ciutat on tot es feina, el descans ha de ser frenètic, però hi ha uns minuts en els quals l'avinguda sembla buida, ja que ningú no s'atreveix a fer el primer pas que marqui el tancament de les diversions del treball i l'obertura dels treballs de la diversió.

Ara, una parella; una altra, una altra més; apareix un grupet de cinc i tres trios; quatre per aquí, set per allà. No hi ha solitaris, no pot haver-ne; si surten al carrer, sempre hi ha qui se'ls hi enganxa com una maledicció que els pispa la intimitat. La plaça de Wagner és presa per jovenívols bàrbars refinats de llengua dropa i motocicletes blanques, negres i indefinides, quequejants o escandaloses. La plaça de Francesc Macià, bombardejada per fanals, focus i sirenes, és una atracció de cavallets que encisa les velles dames dels bars dels xamfrans i els consumidors de deixalles rostides a l'estil de Brooklyn. Tots alhora, menestrals i executius, han penetrat en el passadís de neó, tímid i exultant, i van de cacera per coves que apareixen de sobte encastades a les parets, convidant a l'exotisme o al plaer d'una estètica intel·lectual.

L'homenot, venint de la Via Augusta, ho veia tot desert malgrat les voreres atapeïdes. Capficat, s'apropa a la rotllana de Francesc Macià i l'autobús vint-i-set li llença uns fums, que no li fan baixar els seus. Renega, com alguns cotxes que s'esbatussen a cops de botzina. Continua caminant i s'atura enfront l'edifici de la ràdio entre el cruix de les primeres fulles de la tardor. Una mica més allà l'espera el sopar. L'Elisenda no trigaria. Devia haver fet temps al bar de la facultat després de l'última classe, i vindria tot passejant des de la Zona Universitària per un recorregut esquitxat de parades de metro, un palau, algun monument de mal gust i una formació de gratacels isolats que mai no acoten la vista i que, tanmateix, vigilen l'ordre que els empara.

La silueta de l'homenot es retallava sobre el fons multicolor que, escampat per un gran cilindre, anunciava concerts de rock, representacions teatrals i el Das Hamburger Ballett en el Liceu. El vent eixamplava les seves robes fosques engrandint una ombra només visible de nit. L'Elisenda va creure contemplar el seu pare encobert per un gros bolet de color verd rovellat.

—¿Què tal, papà?

Fernando Ferràndiz estèn el braç, i una bossa amb el nom d'uns magatzems penja, per uns segons, en una màniga que abraça la cintura de la noia. Ell no somriu, no hi està avesat, però vol ser simpàtic; no pot entabanar l'Elisenda. Ella el retroba després d'haver marxat de casa per anar-se'n amb el Gerard.

—Va, fiquem-nos dintre.

Tots els sentits s'han d'estimular, aquesta és la filosofia del local. El menjar és un acte hedonista que degenera si cau en la rutina de donar gust a la panxa i prou. Ulls i orelles també han de treballar, i si el cos és ronser, hi ha previst un preludi que l'ha de posar a punt. Pare i filla baixen esglaons i donen una llambregada passatgera a l'ample restaurant de llums freds amb cambreres vestides de curt. Arriben als billars; de les quatre taules només una està ocupada. No hi ha problema. El triangle empresona les quinze boles; el tac del senyor Ferràndiz comença la partida, l'Elisenda comença la xerrada:

—¿I doncs, papa? ¿Quin és el motiu?

—¿Motiu?

—Tu no ets dels que improvisen.

Silenci. Tres, tretze, dotze, sis. Les boles corren.

—Hem d'arreglar moltes coses, nena.

—Pensava que tot ho havíem arreglat quan em vas fotre fora de casa.

El senyor Fernando falla una jugada fàcil.

—¡Eh, no diguis bestieses! Va quedar clar des del primer instant que vas ser tu la que volia guillar. No em carreguis un mort que no em pertoca.

L'Elisenda deixa el portafolis i el cabàs que el Bernat va enviar-li des de París; d'estudiant, passa a joveneta de cames llargues i aires terriblement atípics, seductora, però no seduïble. Etziba una tacada que no impressiona el seu pare, tot i que la intenció era aquesta.

—D'acord, no t'ho nego; és que he volgut recordar-te que, formalment, ho vas acceptar com si la decisió hagués estat teva. Cridares prou per quedar-ne convençut.

—No ets la primera persona que em planta, maca, si és que és això el que pretens dir. Mira el bandarra del teu germà, per exemple.

Les boles ja desapareixen. Dos, catorze, cinc. L'ivori peta sota el globus terrestre que puja i baixa del sostre, sota el planeta que converteix el restaurant en un curiós univers de metall i de ciment on els estels són de carn o de vidre.

—¿Saps alguna cosa d'ell?

—Sí.

Sospirà cansadament després de l'afirmació, i va deixar el tac sobre la taula estant a mitja partida.

—Anem a sopar.

Ella no va reconèixer el seu pare en aquell home. Li agradava massa guanyar en tot com per abandonar un joc en el qual duia avantatge. Potser, el pes de tantes derrotes privades ja no es podia suportar.

Fettucini vongole al curry per als dos. En el televisor annex a la seva taula, un Alain Delon borni fa de Tancredi Falconieri del bracet de Claudia Cardinale. Quan s'enfrontaven cara a cara, pare i filla mai no es miraven. Un tràngol de ridícul i d'admiració feia de tel entre ells per evitar uns diàlegs en excés sincers. Es demostraven brutalitat perquè no es refiaven l'un de l'altra, temien ser atacats per un igual, per l'únic igual viu que admetien. I així, s'explicaven imatges tan simplistes, però alhora tan profundes. L'Elisenda imaginava que la manca d'humor del seu pare ja venia del dia que el batejaren. L'avi Robert va imposar-li el nom de Ferran, el qual, combinat amb el cognom, aconseguia l'efecte de fer-lo sonar com el motor d'un camió. Ferran Ferràndiz s'anomenà així fins que la guerra li va catolitzar el patronímic; fou l'única cosa que hauria d'agrair a la dictadura. Després, conegué la mare durant la vaga de tramvies del cinquanta-u, i, de llavors ençà, la vaga va ser traspassada a certs aspectes del matrimoni. I el senyor Fernando, que mai no havia sabut conviure amb la seva alçada ni amb la seva corpulència perquè el feien ser un maldestre, s'envania d'haver estat capaç de crear, bé que indirectament, un ésser humà del tot lliure. Era una noia, i això ja la salvava d'un destí concret, però no l'aïllava de la fredor de la Llúcia, que sentia un cert odi cap a l'Elisenda; un odi del qual no gaudien la resta de fills, una autèntica llàstima, ja que els hagués fet entendre que la seva mare pensava en ells encara que fos malament. Amb el seu pare, l'Elisenda mantenia una relació que operava entre el combat de boxa i la complicitat sense paraules, un vincle que la féu arrogant i decidida quan comprovà que l'animadversió de la seva mare li tallava senderes que hauria de construir-se ella mateixa. I ell, mut, ferreny, era el mirall en el qual la noia es contemplava. Afecte entre tossuts, tot plegat.

Burt Lancaster tenia cara d'ànima en pena en mig d'aquell ball. El senyor Ferràndiz no feia cas del discurs de Visconti i va prendre la iniciativa tot aprofitant que l'Elisenda, amb la boca plena de *fettucini*, no podia preguntar-li altre cop per què l'havia convidada. La bossa del magatzem tapà el príncep Fabrizio di Salina:

—Això és teu; t'ho vas deixar a casa.

L'Elisenda fica els coberts al plat i agafa la bossa; dins, hi ha un pintallavis, uns mocadors, un jersei vermell, una agenda amb l'any vuitanta gravat a la portada i un disc dels Beatles. Sota el jersei, aparegué un llibre que l'Elisenda mai no havia vist abans i que sabia que no era seu, però no es molestà a examinar-lo.

—¿Tanta cerimònia per dur-me aquestes rampoines?

—En part, sí... ¿Rampoina els Beatles? Bé que t'agradaven quan eres petita, sobretot el *When I'm sixty-four*...

—Sí, quan tu i jo el dansàvem d'amagat, amb greu perill de la meva vida. Una vegada, va anar d'un pèl que no em deixessis caure. ¿Tan amunt havies de pujar-me?

—¿Que potser volies que ballés de genolls?

—Va, matem-ho. ¿Què més hi ha en el teu programa?

—El Van Gogh de Sant Gervasi ha creuat el riu.

—¿Qui, el Bernat?

—No, la Mary Pickford. ¿Qui, si no?

—Ah, ja. I t'ha demanat calerons per pagar-se la barca.

—Res d'això, al contrari; m'ha escrit una carta en què, molt educadament, em diu que em fiqui els diners on em càpiguen. Sembla que està sota la protecció d'un tocat de l'ala podrit de quartos.

—El talent necessita aixopluc quan s'està formant.

—¿Talent? El teu germanet té un caparró que, en comparació amb el cul, no l'ha fet servir gaire. No me les crec pas, aquestes històries de filàntrops enamorats de l'art; són gent que es cobren els favors.

L'Elisenda meditá la conveniència d'enclastar al seu pare el que encara no havia acabat de menjar; certs judicis l'enutjaven.

—¿I on és ara, el Bernat?

—A un lloc proper del Centre Pompadour aquest, en un boulevard; no m'ha enviat l'adreça exacta perquè li fa por que li estiri les orelles per correu. Sa Altesa trucarà qualsevol dia i reclamarà la teva, d'adreça. Així ho ordena; amén.

I s'empassà el vi després d'aquest grotesc brindis.

—Bé, dóna-li-la.

—És clar que ho faré; no vull rebre més notetes impertinents de les seves.

—¿Vindràs a casa algun dia?

La forquilla de Fernando Ferràndiz xocà on no hi havia vianda. Un garranyic. Tot d'una s'enfadà.

—¿T'encantaria, oi? T'encantaria que us beneís, a tu i al brètol amb qui t'enllites, venint a visitar-vos i dient que bonic és tot, i que endreçat, tatatà, tatatà, tatatà. ¡Abans es gelarà l'infern!

—¡El Gerard no és cap brètol! ¡Gairebé no el coneixes!

—¡No em cal conèixer-lo! «¿Vindràs a casa?». Ho dius com si fos teva. ¡És d'ell, aquell pis! ¡Quan es cansi de tu, ja m'ho explicaràs!

—¡Mira, papa: vés-te'n a fer punyetes!

Saltava a la primera, com sempre. Les mans del seu pare

l'agafaren pels canells quan ja anava a posar-se dempeus.

—Si us plau, perdona'm, Elisenda. Estic molt nerviós. No sé el que em dic —el to de la veu minvà fins al penediment. Ella ja estava acostumada a presenciar com aquell home s'ensorrava i es redreçava en qüestió de segons. Era la prova d'una inestabilitat que l'Elisenda es negava a analitzar.

—Sempre has estat nerviós.

—Sí, tens tota la raó... Deixem-ho córrer i continuem sopant, ¿eh?... Mai no he comprès aquesta pel·lícula...

El príncep Burt Lancaster, en una habitació buida, observa una pintura al·legòrica de la mort. Fernando Ferràndiz també se la mira. L'estel de vidre té la faiçó de la cabòria; la carn que no sap si és un estel, és un manyoc de dubtes.

—Tu te l'estimes molt, el Bernat...

—Ets un bon endevinaire, papa.

—Vint anys; el més petit de tots ja té vint anys...

Volia dir-li quelcom, quelcom que trencaria la perpètua i incruenta batalla que havien mantingut a esquenes de tothom com a mitjà de supervivència. Però cap mot seria prou fort per indicar el principi de la immolació; només guiaria les accions per descobrir-li la veritat. Era inútil parlar. La paraula escrita ho diria millor.

—Elisenda..., ¿no has vist un llibre dins la bossa?

—Sí. ¿De qui és? Meu, segur que no.

—Bé... No és de ningú en concret, però pertany a tota la nostra família, incloses les branques més allunyades...

—Papa, fa anys em digueres que els darrers Ferràndiz érem nosaltres.

El senyor Fernando començà a suar; veia que perdia els papers quan encara el més calent era a l'aigüera.

—Sí, és cert... Ja desvariejo; hauria hagut de dir que, fins i tot, pertanyia a les branques de la família ja desaparegudes... Mira, t'interessa llegir aquest llibre, filla. No em preguntis res, no et sabria respondre; llegeix-lo i prou... Has de preparar-te per rebre un cop molt fort, fortíssim...

—Papa, ¿què significa tot això? —preguntà ella mentre remenava la bossa— ¿On ha estat aquest llibre que jo no l'he vist mai a casa?

Sorgí un volum de no gaires fulls en el qual el temps havia deixat empremtes. Instintivament, l'Elisenda va anar amb compte, no fos cas que es quedés amb un grapat de pols a les mans.

RELACIÓ DE LOS FETS HERÈTICS
QUE SE DONAREN EN LO NOBILÍSSIM BISBAT
DE CALAHORRA DURANT LO REYNAT DE
SA CATHÒLICA MAGESTAD CARLES II,
ESCRITA PER CHRISTÓBAL FERRÀNDIZ
DE DÀVALOS

—L'únic que puc contar-te —digué l'homenot—, i et cal saber-ho ara mateix, és el teu passat i el dels teus germans, el passat que no està escrit aquí.

Van ser els darrers clients a marxar del restaurant. Fabrizio di Salina ja havia ballat amb Claudia-Angelica Cardinale i escoltat els afusellaments que tancaven el film. A la plaça de Wagner les motos ja no discutien i per l'avinguda volava el ressò dels automòbils. Canviar-ho tot per tal que res no canviï; això ocorria als carrers i a la ment de Fernando Ferràndiz. L'Elisenda, en secret, declarà la guerra.

El Gerard Sanuy creia que la història era una matèria viva que basculava entre la grandesa i la misèria, amb la virtut d'educar les generacions fent-les protagonistes de les dues cares de la moneda. Per això, s'enorgullia del seu barri. Aquest havia estat en els seus orígens un somni innovador, de màxima higiene, abundància de parcs públics i baixa densitat, en un lloc on encara no hi havia clavegueres ni enllumenament, com a la resta de la ciutat, i que començà a esquerdar-se quan els especuladors aconseguiren que els jardins del projecte original quedessin empresonats dins un quadrilàter edificable amb els angles retallats. Les illes de cases tindrien un cor fet de tarongers i de pardals. Anys més tard, en honor a la degradació pròpia de tota dictadura, àtics i sobreàtics d'estil impersonal destrossaren la bellesa del ciment primitiu. Fou l'auge de la misèria.

Sabent tot això, el Gerard Sanuy es considerava afortunat. Ell vivia en una casa de l'Eixample, però per sota dels horrors dels anys seixanta. Només hi faltava el jardí interior per donar el toc romàntic, però el pati actual, fent de traster, l'obligava a tornar de la fantasia. L'altre problema, el de la solitud, l'havia arreglat amb l'amor. I aquest entrà de matinada amb cara vinagrosa i amb una bossa dins el cabàs.

—Bona nit, Julieta. ¿Què hi diu el vell Capulet? —saludà el Gerard des del llit, envaït de revistes, quan l'Elisenda aparegué en el dormitori.

Ella, donant-li l'esquena, es tregué les sabates i va respondre arrossegant un «bona nit». El Gerard s'afigurà el que havia passat.

—¿Hi ha hagut xivarri?

—Hi ha hagut de tot.

—Bé, almenys ets viva.

L'Elisenda li tirà la camisa pel cap, i es quedà nua de cintura en amunt.

—¡Babau! Ell serà un vell xaruc, però tu ets una criatura.

—Una criatura molt dolenta, diria jo.

Estirant-la suaument pels cabells lleonats, el Gerard la tombà. No s'atreví a besar-la quan va veure-li el rostre.

—Em sembla que no t'has divertit gens.

—No era cap sopar de plaer. Simplement, volia verificar si continuava sent la seva filla o si el conviure amb tu m'havia fet créixer les banyes i la cua.

—¿Que potser es pensa que sóc cirurgià, jo?

—En matèria de banyes, n'està convençut.

—¿I tu, que n'opines?

—El detectiu que he llogat podria contestar-te...

—¡Ah, mira-te-la...!

Ara la besà. Estar-hi alegres ho feia tot més fàcil.

—Mai no deixaria escapar un home tan destre en l'art dels petons —admeté ella.

—Lliga'm amb cadenes...

Les maniobres del Gerard s'encaminaven a anar més lluny del primer petó; malgrat el seu somriure, l'Elisenda no estava d'humor per a correspondre'l.

—Gerad, si us plau, avui no.

Ell enfonsà la cara entre els pits d'ella, simulant somicar.

—No és just; no, no ho és.

—Estic cansada, ximplet. Va, aparta't.

Dolça, però directa; eren els trets que el Gerard admirava de l'Elisenda, tot i que aplicats a aquella situació resultaven força antipàtics, perquè la tendresa, en especial, imitava la hipocresia. Aconseguia fer-se detestable.

L'Elisenda va aixecar-se i va agafar el cabàs. El Gerard, abraçat al coixí, li preguntà:

—¿Què duus en aquesta bossa, la que sobresurt?

—Andròmines.

—¿Què?

—Sí, coses que vaig oblidar a casa; el papa m'ho ha portat.

—¿Hi ha quelcom d'interessant?

L'Elisenda ja no hi era, a l'habitació. El Gerard sentí el grinyol d'una porta, la de la cambra que ella havia agençat a tall d'estudi. Tornà amb les mans buides i els pantalons sota el braç. La seva mirada era freda, empobrida per un gest de malestar que no augurava res de bo. El Gerard coneixia aquella expressió i el feia debatre's entre demanar disculpes o esperar que parlés l'espontaneïtat de la noia. Ell notava l'alè del dolor, però no sabia d'on arrencava. Aleshores, s'adonava de la seva pròpia insignificança, de la seva inutilitat per resoldre problemes veritablement importants; no recordava haver realitzat mai cap acte d'energia ni haver-se enfrontat a una responsabilitat que impliqués altres persones a més d'ell. Gerard identificava amb facilitat l'amargor, però s'havia separat tant d'aquest aspecte de la vida que la seva visió de les coses era incompleta. L'Elisenda emboscava una angúnia i ell no gosava arrencar-li una explicació perquè sabia que no hi podria fer res... Una baralla amb son pare, un embolic familiar, això devia ser. No hi ficaria el nas. Si ella ho desitjava, ja li ho diria.

—*When I'm sixty-four.*

Gerard, optimista com era, amic del drama com a essència irreal de la comèdia qüotidiana que s'entestava a viure, no descartava que algun dia l'Elisenda fos més de la broma i li muntés, en qualsevol lloc i hora, una interpretació de la Margarida Gautier; el que passava, és que ella reia amb l'absurd i ho demostrava amb una mena de respostes que, invariablement, el destarotaven.

—Bé, tornem a començar...

—És una cançó d'un disc, babau.

—¡Ah, sí, és clar! ¿I res més?

—La resta, ja és a les escombraries.

Gerard, saltironant al llit, elevà planys cap al sostre:

—¡Oh, déus, quina tragèdia! ¡La meva xicota ha llençat a les escombraries el seu dot! ¡Salveu-nos de la misèria!

L'Elisenda va interrompre la farsa tirant-se contra el mal còmic, que va esclafir de riure en trobar-se caigut d'esquena, amb les cames immobilitzades i la samarreta pujada per sobre del melic, el qual rebia les pessigolles d'una llengua esmolada.

—¡Ah! ¡Aaahhh! ¡Prou, prou, em rendeixo! ¡Ah! ¡Ai!

Però ella no l'escoltava; clavava la llengua amb fúria mentre els dits li corrien per les aixelles del Gerard.

—¡Elisenda, para, que no puc resistir-ho...! ¡Ah! ¡Para!

Llavors, les mans d'ell es mogueren cap endavant i retiraren la cara de l'Elisenda del pou de pèls negres, desplaçant-la una mica més avall. Un obstacle sensible barrejà la seva escalfor amb l'esbufec de la noia i aquesta, d'una revolada, s'alçà fins a xocar amb les sagetes de mel verda que l'havien enamorada. Ja no reien. Restaren callats uns segons, contemplant-se. A ella li agradava així, tranquil, com quan feia classe; les imperfeccions de Gerard —els pocs granets d'una adolescència que es negava a abandonar-lo, malgrat tenir ja vint-i-cinc anys, i unes celles massa poblades per al seu gust— el dignificaven, el feien un ésser humà i no un follet entremaliat. La duresa del seu sexe, fregant-li ara la cuixa, es transformà de sobte en allò que havia d'evitar. Cap poder, ni tan sols el del Gerard, havia de destorbar-la. Tot quedava ajornat fins que aquella tasca que encara no sabia com afrontar fos enllestida. El Gerard va entreobrir els llavis i ella va veure el caos; calia reaccionar, trencar l'atmosfera. La solució fou regirar-li els cabells; això sempre l'empipava.

—¡Eh! ¿Què fas? ¡No s'hi val!

—¡Vinga, presumit! ¡A dormir! —digué ella sortint del llit i desant les revistes d'història que el Gerard tenia escampades sobre els llençols— Demà, el teu públic t'espera a quarts de deu. ¿Quina lliçó toca?

—La romanització —contestà ell amb veu decebuda.

—¿Et preparo el *pilum* i la toga per ambientar l'explicació?

—Ets molt, però que molt graciosa, nena —ben bé mossegà les paraules— ¿I on vas, ara?

—A testimoniar que he sopat. ¿Que vols acompanyar-me, potser?

El Gerard, amb una exclamació de fàstic, es tapà el rostre amb el coixí. L'Elisenda va tancar-se en el lavabo i romangué allà durant més de mitja hora. Fou un temps massa llarg per algú que no solia perdre un sol minut en mirar-se al mirall. Ara, ho feia amb esglai, obsessionada per descobrir la diferència que l'obligava a recular en tots els seus sentiments. I no veia res, no ho veia perquè des d'aquella dimensió penjada de la paret l'esguardava el seu pare i l'aprenentatge de la impassibilitat. Ningú no se n'adonaria; ella mateixa no era capaç de distingir el canvi.

Sortí. L'acompanyaren pel curt passadís el diàleg entre el rellotge i una respiració compassada, la del Gerard, que ja dormia. Travessà el menjador, molt a poc a poc, espantant-se davant un no-res que fins aquella nit considerà auster i que de cop i volta li semblà sinistre. El menjador, immens, de sostre alt, era un terreny buit on el telèfon, un petit televisor a terra i una taula plegable plena de folis mecanografiats, llibres de text i un exemplar del *New York Times*, resultaven ser pures anècdotes. El dormitori era molt diferent: el Gerard havia volgut encerclar el món dins una habitació; allò era biblioteca, despatx i anarquia, trossos de pinacoteca i promesa de descansos sorollosos gràcies a un llit de fusta centenària i un somier musical. L'Elisenda va somriure en veure la derrota del Gerard. Ell, en nits «difícils» com aquella, l'esperava nu ajagut al jaç, i ella, desconcertada, no sabia dir-li no. Però avui la son l'havia vençut. L'Elisenda va estirar-se al seu costat, eludint les zones del somier més adictes al xerric, i va olorar-li el coll i les galtes, omplint-se de l'aroma amb el qual hauria de conformar-se d'ara endavant... Deixant una franja d'aire entre els seus cossos, l'Elisenda engegava els acomiadaments.

No podia maleir el pare. Li havia confessat tot allò perquè les circumstàncies així ho havien exigit, i ella se n'hauria assabentat igualment encara que no haguessin existit les discòrdies ni el Gerard. Inevitablement, més tard o més d'hora, els Ferràndiz escollien, inconscientment, el moment de conèixer la tragèdia que els marcava una conducta amarga i vigilant fins a la mort. Aquell moment sempre coincidia amb els inicis d'un amor ferm. Després, les conseqüències. La bogeria de la Llúcia era l'exemple més proper, i aquell odi cap als fills, odi a la llarga contra ells mateixos, els pares, culpables d'haver perllongat l'agonia de la nissaga una generació més... Si tot plegat no fos tan terrible, l'Elisenda hauria cregut que el seu pare l'estava ensarronant amb inversemblances per tal de fer-la tornar amb ell i amb els seus germans... Havia estat tot tan brutal... Vint-i-quatre hores abans estava fent l'amor amb el Gerard. Eren feliços. Ara hauria de sacrificar aquell sentiment si volia donar-li alhora un sentit.

El pare havia admès que la culpa era seva, que la Llúcia, la mare, havia rebut un cop massa fort i que la conseqüència de tot això fou convertir-la en una mena de vegetal que fabricava fills contra la seva voluntat. Ell l'estimava de debò i amb aquest esperit la posseïa, i havia de fer-ho així si no volia que ella pensés que la por l'apartava del seu contacte. Tot començà l'any cinquanta-set, quan va néixer el Jaume, el gran; va haver de parlar molt seriosament amb la mare: si volien més fills, hi hauria d'haver entre aquests marges d'edat superiors als tres anys. O això, o tenir cura conscientment d'uns cadàvers juganers. Quan ella es va assabentar del perquè, restà callada durant setmanes i no va sortir del seu embadaliment fins que els plors del bebè li recordaren que aquest desitjava un so a més d'una imatge. Passaren cinc anys; arribà el Guillem. Podia haver estat una nena. Potser, una nena els hauria aturat o els hagués fet repassar el sistema de comptes que seguien per evitar que ella quedés prenyada. Però era difícil encertar sempre, i més, si es trobaven fora dels cicles d'abstinència. D'acord, el Jaume era previsible; la seva condició d'errada venia donada per haver estat massa matiner i trucar a la porta deu mesos després de les noces. I aquella primera advertència de tres quilos set-cents grams havia indicat, debades, que la batalla de la Llúcia amb el calendari patia derrotes. El Guillem significava la confirmació d'això i que el mètode del període segur, avalat per l'Església Catòlica, només devia funcionar a les famílies dels capellans. El preservatiu els hauria estalviat tots els maldecaps si no fos perquè la Llúcia, a més de ser clienta dels confessionaris, tenia al·lèrgia a la goma. I caigué l'Elisenda, ella, una nena que tardà quatre anys a fer-se. Fou fruit d'una nit que el pare duia un cointreau de més. No es retirà a temps de la caverna —«Crec que m'ha caigut a dins», s'esglaià la mare—, tot i que ell deia que no havia passat res, que ja estava avesat a sortir de la festa abans que la música l'empipés... Quan va nèixer l'Elisenda, que no representava un perill mercès a la diferència de quatre anys que la distanciava del Guillem, decidiren no tenir cap altre fill... La Llúcia no podia estimarlos; no era culpa seva. Quedava morta després de cada part i es resistia a ressuscitar per no haver d'enfrontar-se a aquells trossos de carn que la reclamaven. El matrimoni mai no havia estat feliç, malgrat que l'amor que els unia els feia dur resignadament el pes de l'horror. El llit era una mena de trampa que els servia per engendrar una engruna de mort que només es destruiria si el terme de tres anys es respectava, tres anys en els quals la Llúcia s'anul·lava com a mare. Quan començava a estimar el Jaume, el Guillem va esfondrar-la de nou. El nounat viuria els seus primers quatre anys vigilat per qui volia oblidar-lo. I quan el temps desféu el gel, la roda tornà a girar i aparegué l'Elisenda. Una nena. La Llúcia va tancar-se molt més davant la seva presència i va envellir en setmanes el que no havia envellit des de l'època del festeig. Es transformà en una mística que ho deixà tot en mans de la providència perquè ja no tenia esma per lluitar. Havia reprimit massa l'amor de mare per adequar-se a un caràcter postís imposat per vells fantasmes... Dormiren en habitacions separades durant un any i escaig, fins una nit que l'Elisenda, callada en el bressol, els donà l'oportunitat de trobar-se en una cambra. No hi havia cap calendari a la casa que aconsellés què fer. Tenien tanta por de fugir d'ells mateixos, tanta por de buscar consol amb altres companyies... I transgrediren la norma. Només havien passat dos anys des de l'anterior embaràs. Ell proposà desempallegar-se de la criatura; coneixia llocs que, tot i que no es distingien per la seva higiene, garantien els resultats i una discreció absoluta. La Llúcia es va esgarrifar tant que va deixar de parlar-li i va optar pel fatalisme, per acatar el que estigués escrit. ¿I si era una altra nena?, argumentava la dona. Va aferrar-se a aquesta esperança i la repetí fins a perdre el do del diàleg i part del senderi, ja que els metges que la tractaren els darrers mesos a penes van poder treure-li cap altra informació sobre el seu estat, deixant de banda aquell interrogant que no entenien què significava. I aparegué el Bernat. I amb ell, la bogeria. Anys després, la visió d'aquell vestit de comunió impulsaria la Llúcia a intentar matar l'Elisenda perquè s'afigurà aquesta de núvia, de futura mare d'assassines i de víctimes... Tot allò era el passat que no podia trobar-se enlloc, el passat que s'explicava mercès a aquell terrible llibre...

El Gerard pertanyia al present, a un racó dels menjadors universitaris, cita obligada d'una estudiant de segon curs de psicologia i d'un estudiant de quart curs d'història tres anys enrera. Ella ja és a cinquè i ell fa substitucions en un institut. No obstant això, les coses continuen gairebé igual, almenys per al Gerard, que s'ha edificat un castell de conte de fades en un indret al qual no s'arriba mai perquè desitja que les il·lusions el sobrevisquin... El Gerard era la bogeria innocent i el pànic a la terra ferma, la riallada com a terapèutica i el plor davant la impotència. Era un nen gran que havia crescut a males penes i que es revoltava utilitzant la coartada del pallasso, fent de la inconsciència una arma i de la realitat un camp de tir. Era una criatura amb una amant més jove que ell, una amant que feia de contrapès, una noia seriosa que veié en aquell estudiant d'història un eixelebrat amb el qual compartir la melangia a canvi de rebre una dosi de gatzara. Però la fantasia del Gerard tenia els seus límits, i per això no admetia la foscor en els somnis ni la por en el seu univers de sucre. Allò, deia ell, ho sofria massa quan connectava amb el telenotícies del vespre... Els companys de classe de l'Elisenda no comprenien com aquesta havia pogut enamorar-se d'un tipus tan infantil, tan insegur. Ella els deixava parlar, però no els donava la raó perquè estava convençuda que molts dels trets del Gerard eran simples mecanismes defensius, barreres contra certes agressions que ell patia. Hi havia quelcom de fals en alguns posats del noi, i tot i que ella féu l'impossible per arrencar-li una explicació, va abandonar quan una veu que sortia del fons de Gerard va declarar-li estar enamorat d'ella i no de la seva carrera. Aquella veu sempre sorgia quan el Gerard no semblava ell. Aquella veu inusual, que no amagava un sòlid brot de maduresa, havia encisat l'Elisenda imposant l'única condició que els havia de permetre, segons el Gerard, viure junts en total harmonia: «Pactem la nostra independència; res de preguntes que no vulguem contestar». Els secrets de cadascú que fossin aliens a la seva relació podien així romandre anònims; cap dels dos havia de sentir-se obligat, pel fet d'estar enamorats, a parlar d'intimitats que els molestava revelar. Tot l'anterior al seu amor no importava. I per això, llevat d'alguns detalls puntuals més o menys importants, mai no xerraven de les respectives infanteses ni de les seves famílies, entre d'altres coses. I així, l'Elisenda podia besar un home que potser s'ensorraria quan el temps marcís la seva bellesa de banús i el fes renunciar a la imaginació, i s'angoixava tot contemplant-lo perquè l'estimava i perquè havia de privar-se d'ell, del seu cos... Havia de barrar-se aquella porta. L'etern jovencell no ho entendria; potser rumiés que ja no l'estimava, potser li demanés comptes. Seria l'hora d'esgrimir el pacte i no respondre-li. Faria el cor fort i pregava perquè el cor del Gerard fos el de l'home i no el del nen. Ella volia ballar amb ell el *When I'm sixty-four* fins a arribar a aquesta edat...

Però ara no podia ni dormir.

Vol contemplar un altre cop el Gerard, exercitar-se en la repressió d'ella mateixa. Més allà, a la paret mig tapada pel perfil del noi, imposant-se sobre postals de Viena, Lucerna, Heidelberg i Praga, Mickey Mouse la saludava vestit d'aprenent de bruixot. Aquell ninot reaccionari i dòcil, un heroi del Gerard, duia la disfressa més transgressora que Disney havia pogut concebre per a ell. Un símbol d'innocència jugava amb els perills del desconegut, i el desconegut sempre té un rerafons de por que converteix els somriures, fins i tot els dels papers de colors, en una ganyota encarcarada. Por. El vell mot. Fades, gegants... Torna a veure un ganivet bellugant-se al seu voltant. Els ulls li fan pampallugues i la figura del ratolí es fa odiosa per mentidera, però atractiva per l'èxit de la trampa que proposa. L'Elisenda començà a donar forma al camí que havia de seguir. Havia de capgirar alguns valors si volia retrobar la felicitat perduda hores abans, havia de ser ella i no ser-ho. Ho intuïa. S'adonà que havia de romandre en aquella casa perquè no tenia on anar, perquè les portes de la seva vella llar estaven barrades, perquè li mancaven diners per llogar una habitació durant tants mesos, perquè no tenia temps de disposar el que fos necessari en un altre indret. Havia d'enredar tothom mirant d'amagar el menys possible el seu projecte per tal de no suscitar massa curiositats; havia de mantenir una aparença normal, indispensable, malgrat rumiar els problemes que podrien esdevenir-se i que el Gerard hauria d'entendre mitjançant qualsevol història que no fos l'autèntica... El somriure del ratolí és més maligne que no pas impertinent. Ell podia insinuar un toc de perversitat amb un estereotip en forma de disfressa grotesca sense allunyar-se gaire de la bonhomia per a la qual havia estat creat; ella hauria de forçar els trets d'una màscara encara per dissenyar. Ell s'ho permetia tot des de la més insultant immortalitat; ella..., ¿tenia dret a intentar allò?... Posseïa un camp de batalla, però li faltaven els enemics i les armes adients a emprar contra aquests...

Mirà fixament el dibuix. L'aprenent de bruixot.

Tenia nou mesos per evitar un crim.

Amb l'albada, va saber com fer-ho. Perfilat. Detallat. D'una banda, el procediment, el que no s'havia de veure; d'una altra, el camuflatge, la tramoia, la coartada. Una tesi. Un munt de fulls plens de teoria, una feina presentada amb transcendència, que requeria tranquil·litat, aïllament, potser una mica d'ajut extern que confortés el Gerard i el fes copsar que allò era important, el suficient com per haver de variar costums, fins i tot, costums íntims. De cara al món, seria una ambiciosa amb ganes de desenvolupar una idea poc definida. Si calia, passaria per folla (¿qui ho dubtaria amb l'antecedent de la mare?), però aconseguiria sortir-se'n, bé o malament.

A les poques hores, amb el sol enfilant-se, començava el joc. El títol, tòpic; la resta, sense definir.

LA MEMÒRIA, UNA PROPOSTA DE FUTUR

Trobar-se en el llindar d'un mil·lenni significa viure una ocasió irrepetible i tenir l'oportunitat de fer una gran repassada per demostrar on érem aleshores i on som ara. Això, que en principi sembla pretenciós, no ho és tant si fixem l'objectiu de l'examen i eliminem els aspects que s'acostumen a utilitzar en aquesta mena d'efemèrides, els aspectes polítics, històrics, socials, econòmics i culturals, entre d'altres. Un mil·lenni s'enfoca, naturalment, des de l'òptica històrica pel seu contingut marcat per una cronologia. D'aquest contingut, els estudiosos de les diferents branques del coneixement fan una tria i, basant-se en aquesta, desenvolupen una sèrie de teories en les quals uns fets considerats cabdals aglutinen una sèrie de fets secundaris, precedents o conseqüents de l'esdeveniment fonamental. Sempre se'ns ha dit que certs successos han influït en la mentalitat del cos social i en cadascun dels individus que l'integren, i això resulta tan obvi que tothom oblida —ja parlaré en el seu moment de l'oblit— que aquesta influència quedaria en no res si els testimonis de l'època no deixessin per escrit el que han vist o si l'esperit dels fets cabdals no fos transmès de pares a fills per via oral. Sovint, els esmentats esdeveniments són revisats quan ha passat un temps, molts anys, fins i tot, i llavors els protagonistes, deixant de banda les proves documentals que posseeixin, apliquen la seva memòria a una visió que es pretén incrementar. Aquesta memòria, que enregistra encerts i errades, és la responsable que el camí de la humanitat tingui només una sola direcció. Tanmateix, el grau de perfecció, o d'imperfecció, de la saviesa humana, ha impulsat la creació d'uns auxiliars externs de la memòria que, bàsicament, són dos: les enciclopèdies i els ordinadors. Ambdós fan de guia per a l'evolució —el concepte de progrés és més que discutible— de l'ésser, les seves relacions i el seu entorn. I és aquí on trobem tot allò que serveix a fins merament propagandístics, el que justifica que les institucions també tinguin memòria quan els hi convé. Aquest és el caire denigrant que té, segons el meu parer, el record.

Tot l'anterior, serveix per a introduir el caràcter de la nostra centúria, en la qual el poder de la tecnologia ha facilitat recuperar idees i successos que han contestat qüestions pendents que ens permeten saber què hem fet i per què ho hem fet. Les accions de l'home tenen un suport pel qual poden explicar-se, però l'home per si mateix no té cap de suport. I aquest és l'objecte del meu treball: l'ésser humà independentment del seu món, i la memòria com a rectora de l'univers que propicia els avanços. Perquè ha estat la memòria la que, amb l'ajut de l'experiència i de la intuïció, ha dissenyat tot un projecte que anomenem vida. Dit d'aquesta manera pot resultar complex, i ho és. Però pensin per un moment que el que avui és fàcil mercès als mitjans de comunicació i les condicions que fan possible que la informació arribi i estigui a l'abast de tothom, no ho era fa només dos segles. Imaginin com devien ser les coses mil anys enrera o quan l'home fou capaç de crear el primer estri. En els dies més primitius, mancats d'un llenguatge i d'una escriptura, els homínids traspassaven els seus coneixements mitjançant una impressió; els seus deixebles sabien utilitzar els instruments a força de veure repetida una impressió que provocava una finalitat útil, era com una mímica que necessitava de la memòria per a ser intel·ligible. I seguint aquest fil, les generacions es culturitzaren. L'aparició de l'escriptura no tallà el tradicional sistema de visualitzar i aprendre les maneres de fer, i més si tenim en compte que escriure es convertí en matèria reservada de les classes dominants, generalment ocioses i no productores.

En aquest punt, cal parar-se. Com no hi ha un registre de totes les impressions —un registre escrit, s'entén—, és lícit rumiar que moltes d'aquestes es perderen; i qui sap en quina mesura algunes d'elles podien haver significat un canvi qualitatiu que hagués capgirat el curs de la història. Tenim indicis que parlen de revoltes polítiques i religioses, revoltes que foren esclafades; però això no ens interessa perquè entra dins dels riscos del joc cultural que l'home ha aixecat. Hem de fixar-nos en les insignificances quotidianes per copsar el que va ser i el que podia haver estat. Per exemple, afigurem-nos que una persona del segle XI aconsegueix inventar una maquinària que possibilita una producció en cadena, i que el seu funcionament no pot ser comprès per la gent de l'època, que obtindria així una impressió negativa, una impressió que no tindria transcendència i que quedaria extraviada dins la memòria. En cas contrari, la revolució industrial s'hauria produït amb antelació i les conseqüències haurien estat imprevisibles. Si apliquem aquesta hipòtesi a figures científiques o a individus corrents, treuríem allò que una vegada imaginaren i que per diverses circumstàncies no ens arribà. O sigui, la memòria és el terreny on s'ha edificat la vida, però és un terreny amb molts desnivells i fins i tot amb forats, llocs malconeguts on no s'ha sabut què construir. Per tant, la memòria continua sent, a hores d'ara, una estranya —per no dir que és el gran fracàs de l'home— que ha hagut de lliurar-se a la memòria artificial dels ordinadors per sobreviure en un món cada cop més complicat. No critico les tècniques informàtiques, al contrari; el que sol·licito és una mica d'atenció dirigida a un cas inconclús: l'ensinistrament de la memòria. Un ensinistrament que ha de recuperar el temps perdut per enfrontar-se al futur amb la garantia de saber-se prou fort per a mantenir una autonomia en relació amb les intel·ligències artificials. El repte s'inicia dominant aquella part del passat que, voluntàriament o involuntàriament, hem deixat adormida.

Però no vull concretar encara l'objecte de la meva investigació. Abans d'aprofundir en una teoria que pot revolucionar el nostre concepte d'univers, hi ha dues paraules clau que cal...

Fonts

«Després de soffrir una pena lleu, recorregué las muntanyas durant uns decennis malvivint de robos y altres delictes de different envergadura, fins que anà a Fransa a buscar fortuna. Allà, se relacionà ab gents de sa mena, éssers vomitats per lo matex infern, que sembraven la mort per los dominis del Rey Christianíssim cometent crims repulsius que és millor no citar aquí.»

«París, 9 de novembre de 1988

»¡Ei, Eli!, ¿què hi ha?

»El vell em va donar la teva adreça entre cabró i malparit; decididament, aquest home té la boca cada vegada més bruta.

»El que no va dir-me és el telèfon. Si en tens, ja me'l passaràs, malgrat que no el podré fer servir gaire, perquè a la que ara és casa meva —mira l'adreça en el sobre— encara no ha entrat l'aparell infernal del senyor Bell. No sé què t'haurà explicat el papa de les meves últimes aventures, però com no puc refiar-me de la seva objectivitat, val més que sigui jo qui et posi al corrent.

»Visc amb dos francesos, un belga, un holandès, un italià i un hongarès, sense comptar l'amo de la casa, que és un tipus fantàstic anomenat Claude. És tot un personatge. Treballa de *gigolo* per a unes duquesses tronades que es barallen entre elles per treure-li el suc, mentre que ell, deixant-se fer de tot, obté calé fàcil i l'inverteix en nosaltres. Et preguntaràs com algú així, que sembla tenir-ho tot arreglat, ha d'amoïnar-se per set joves pintors (perquè tots som pintors, ¿saps?). És senzill d'entendre si mires les parets de la *maison*; estan plenes d'eslògans del maig de fa vint anys, eslògans que et fan rumiar. I el que rumio em fa por.

»El terrible de recordar la utopia és veure que aquells que

cridaren per la llibertat, són ara els qui signen les ordres de repressió des del poder que conqueriren en fer-se pragmàtics. La imaginació, que no arribarà a governar-nos mai, està ben controlada per un exèrcit de policies. I sota l'empedrat, definitivament, no hi ha cap platja; el que hi ha són conduccions d'aigua, gas i electricitat, a més a més de clavegueres, refugis antiatòmics, *bunkers*, túnels per a presos, bosses de petroli i deu mil xarxes de metro. Ja ho veus; som a novembre, però encara parlem del maig, com si ens fes vergonya enterrar el tema. Efectes d'una mala consciència, és clar. Personalment, penso que aquests aniversaris serveixen per remembrar que la de l'home és la història de les ocasions perdudes. D'això, el teu Gerard en podria escriure un llibre. ¿T'has parat a rumiar que si no recordessim tant el que ha passat i visquessim només el present, el nombre de bojos no seria tan espectacular? Tu, com a psicòloga...»

L'Elisenda va parar la lectura aquí, malhumorada. El Gerard, tot i que estava ocupat redactant el cos de la classe de l'endemà, s'adonà del gest empixonat de la xicota. Aquella carta era el primer contacte de l'exterior amb l'Elisenda des que ella s'havia traslladat a l'Eixample.

—¿El geni de la família no té bones noves per a contarte? —interrogà burleta el Gerard.

—Té el cap massa ple de grills.

—Doncs quins concerts deu patir, el pobre.

Ella reprèn la lectura a partir de la frase que l'ha enfurismada; ha reaccionat amb ira per no delatar-se plorant. El Bernat no ho sabia, però aquelles ratlles la ferien; hi havia dintre un insult no gaire clar i alhora molt poc subtil.

Acabà la carta. Mirà el Gerard amb esment; havia de demanar-li-ho, no podia ajornar-ho més. Intentà treure l'entrellat ella mateixa per darrer cop. La cambra de Gerard, en la seva vessant de biblioteca, sempre era oberta a les novetats, les quals s'exposaven indiscriminadament, durant uns dies, a la primera renglera de les prestatgeries d'esquelet metàl·lic abans d'extraviar-se per algun racó de l'habitació. Però allà no hi havia res que l'interessés. Veié els llibres ja consultats —una biografia de Lluís XIV i una *Història de França*—, reblerts de dades intranscendents, i esguardà tot seguit el Gerard que, assegut al llit musical i inclinat cap a una tauleta, esborrallava fulls sense fer cap cas d'altra cosa, ara que li sortien els mots precisos per enllestir la lliçó que tenia entre mans.

—Escolta'm, Gerard, ¿podries fer-me un favor?

Ell alçà la vista i adoptà l'aire d'un brivall presumptuós:

—No tinc un ral, estic pelat.

Ella ignorà la broma i somrigué amb forçada naturalitat.

—Necessito unes informacions que només tu pots aconseguir-me, unes dades que han de servir-me de rerafons històric per a un treball.

—¿Quin treball?

—La meva tesi de fi de carrera.

La paraula «tesi» era més que inadequada per a un cinquè curs, però se n'adonà tard. Aquella no seria, en principi, una feina per a doctorar-se. El Gerard, que no volia discutir, barrinà que a l'Elisenda li agradava posar-se galons.

—¿I què vols saber? ¿Com era la Viena de Freud? ¿Els noms dels comunistes que s'esbatussaren amb el Wilhelm Reich?

—No; em cal conèixer tot el referent a una bruixa basca anomenada María de Jureteguía, que de joveneta va estar implicada en un important procés inquisitorial a Logronyo l'any mil sis-cents deu. I també vull que m'expliquis un afer que succeí a la cort de Lluís XIV, el cas dels verins.

—¿I què tenen a veure aquestes dades amb un treball de psicologia? —preguntà admirat el Gerard.

Apel·lar el pacte per allò era ridícul; va mentir:

—Hum... Eh... És que... És que hi exposo una teoria sobre la histèria de les masses i això requereix basar-ho en uns exemples, un d'àmbit popular i un altre lligat amb les esferes del poder. Tracto de demostrar la incidència de la religió en els comportaments neuròtics de les diverses capes socials.

—Dona, si anessis un diumenge a sentir missa, no et caldria investigar res... ¿Com és que prens dos exemples dels quals gairebé no en tens ni idea?

—¿I per què no ho hauria de fer? No té cap mèrit divagar al voltant d'històries prou conegudes.

—Almenys, diguem d'on les has tretes, aquestes.

—No ho recordo; ho vaig haver de llegir per qualsevol banda i se'm quedà flotant per la memòria... ¿En saps alguna cosa, sí o no?

—Del cas dels verins, sí. És un episodi ben documentat. Però la María aquesta em durà més temps. Miraré de trobar alguna cosa, si n'hi ha.

—Em corre pressa, Gerard.

—Faré el possible, estimada.

Va fer-li l'ullet i l'Elisenda va fer-li un petó al front. Ell esperà endebades un bes als llavis. Esperava des de la darreria d'octubre. Vint-i-quatre dies sense fer l'amor; ja duien així vint-i-quatre dies...

Tot l'anterior demostra que els pensadors ja treballaven per definir un món que s'escapava del control dels coneixements de la seva època, molt abans que el terme «inconscient» entrés en el nostre vocabulari.

La primera aproximació concreta al *quid* de la qüestió la fa Leibniz, quan parla de l'existència d'uns processos psíquics molt febles que no arriben a la consciència; això pressuposa el següent:

a) Infinitat de percepcions passen inadvertides a causa de la funció selectiva de l'atenció.

b) L'atenció reté allò que li interessa, i envia a les regions inexplorades del cervell la resta de la informació.

c) Aquestes regions inexplorades estan fora dels límits de la consciència i apleguen els somnis i la memòria; és l'anomenat dipòsit subconscient, que genera ben bé el noranta per cent de les operacions mentals. En aquest dipòsit s'acumulen les percepcions abans esmentades, les quals no són assimilades per l'atenció, i es destinen a l'oblit.

d) Tots aquests processos psíquics queden dins del cervell com a part del subsconscient, i poden retornar al nivell de consciència bé com a acte reflex, bé com a record.

D'aquí traiem una conclusió: mai no s'oblida res. L'oblit és una invenció. Fets insignificants condicionen el *modus vivendi* de tothom, i si no els recordem es deu a mecanismes de repressió o perquè tal fet es troba fortament arrelat en el subconscient. La personalitat es desenvolupa per la col·laboració entre el codi genètic i les impressions viscudes durant els anys d'aprenentatge. El punt de confluència d'aquests aliats és la memòria.

El codi genètic transmet d'una generació a una altra una herència composta per trets físics i també psíquics. Dins l'herència, hi ha un cabal de memòria que es veurà influït per les impressions dels temps presents, que queda soterrat. Si això no fos així, i tenint en compte que el cervell es divideix en dos hemisferis, un podria ser exclusiu de la memòria adquirida i l'altre de l'hereditària.

Deixem establert, momentàniament, que hi ha dues memòries; el record, la reactivació d'ambdues, depèn d'un factor bàsic: el grau de motivació present. Aquesta motivació pot ser natural, dominada per la voluntat, o artificial, cosa que implica la participació d'estimulants. ¿Però a on hem d'anar a buscar les impressions originals que qualsevol succés produeix en el teixit nerviós? Des de fa molts anys, els neurofisiòlegs investiguen sobre el mecanisme que permet als éssers vius fixar fets concrets, arxivar-los i, posteriorment, evocar-los. Fins ara, ni les explicacions bioquímiques, que impliquen la participació de substàncies cerebrals com el RNA, l'escotofobina, els glicoaminoglicans i d'altres, ni les morfològiques —l'existència de neurones per a la memòria—, han aconseguit aclarir l'enigma. Un darrer descobriment, de la mà del nord-americà Karl Pribram, obre una solució plausible: a diferència de la gran majoria de les capacitats sensitives i intel·lectives, localitzables en zones determinades del cervell, els records s'emmagatzemen en totes les neurones cerebrals. Això fa suposar que el nostre òrgan nerviós funciona com un holograma, és a dir, contenint en cadascun dels seus punts informació de la totalitat.

Resumint:

—Hi ha un tros de memòria en cada neurona del cervell. Això ajuda a delimitar les dades a cercar, mercès a la funció hologramàtica d'un cervell carregat d'història, amb un passat i una sèrie d'experiències viscudes anteriorment i gravades dues vegades, una en l'hemisferi dret i una altra en l'esquerre.

—La posada en marxa del passat és el que fa que una cançó o una olor ens recordin successos viscuts.

—En relació amb l'anterior, tals percepcions sensorials influeixen, sovint involuntàriament, en la motivació de trobar un record.

Tot això exposat justifica passar a la pràctica i assolir el següent objectiu: arrencar dels seus calaixos els hologrames de la memòria heretada. La força de combat estarà formada pels fonaments de la teràpia musical defensada per Johann Christian Reil i els estimulants que puguin actuar sobre la motivació. Queden descartades les teories introspectives de Moreau de Tours i les tècniques hipnòtiques. En principi, no cal res més per fer un viatge a través del temps no viscut, temps que els nostres antecessors sí que visqueren, tot enregistrant-lo en les seves memòries i traspassant-nos-el genèticament.

Plega. Bufa. Rellegeix. Li agrada. Per uns instants oblida la finalitat de tot allò i pensa que és una feina magnífica que li permetria barallar-se cara a cara amb els acadèmics i els seus dogmes. Tot admetent que el cos teòric era força primitiu, podia ufanejar-se d'haver-lo enfortit amb una orientació arriscada que generaria discussions... Discussions... ¿Quines? ¡Si ningú no ho llegirà, tot això! Gerard, això és per tu, només per tu, paraules que no has d'entendre, paraules d'amor amagades sota la ciència... S'aixeca i buida amb cura una bossa de plàstic que hi havia damunt el llit. Discos. Els revisa meticulosament. A les fundes, retrats d'antics cortesans empolvorats que la miren indiferents tot brandant diversos instruments musicals. Nota un dolor a l'estómac quan troba una safata plena de fruita pintada a la vora d'una d'aquelles figures barroques... Remena el calaix de la tauleta de nit cercant un motiu, el motiu, i recorda que d'ell no va rescatar cap imatge. Només té unes cartes i l'anunci de l'horror. Acota el cap i somica.

Quan va recollir els exercicis de les taules —«Tranquils, nanos, no és puntuable»— va descobrir alguns cors dibuixats o gravats a la fusta. No va parar-se a mirar els noms que flanquejaven aquell símbol. Sospirà mentre els alumnes s'acomiadaven i fugien de l'aula. Va advertir senyals d'intel·ligència entre alguns d'ells. Quedaven per després, és clar, tot i que d'altres no s'esperaven i anaven a la vora de la seva parella immediatament abans que aquesta marxés sola. Potser, rumiava el Gerard, aquells nois i noies s'odiarien l'endemà, o la setmana que ve, o l'any que ve, però sempre podrien dir que va haver algú que els va estimar. Potser, tindrien més amants cadascun per la seva banda i viurien il·lusions. Potser, ell havia estat massa exigent en aquesta matèria i per això ara patia de por. S'havia negat tota experiència, i davant aquells adolescents se sentia com un nen, com un beneit.

Arribà a casa pres pels somriures dels xicots de la seva classe. Cada cop li calia més l'estímul de la joia aliena per seguir confiant en el món. Com sempre, havia optat pel camí fàcil. Va reconèixer que era un idiota, però no hi podia fer res; massa vell i massa fracassat per canviar.

Allà, el primer amor, l'únic. Ella.

Al Gerard començaven a ballar-li les preguntes que no volia fer i que no s'atrevia a respondre per ell mateix. De l'Elisenda ja només veia l'esquena, emmarcada pel llindar de la porta del seu estudi, que ocultava una tasca que cada cop l'absorbia més i de la qual treia renecs i enrabiades. El frec d'un bolígraf furiós corria per papers que omplien terra i lleixes tot cobrint també una petita pila de roba bruta que es resistia a sortir de l'habitació. No havia trepitjat la facultat des que aquella enderga que anomenava «tesi» s'apoderà de tots els seus esforços.

El noi, que duia les economies de la casa administrant el sou de l'institut, no havia demanat mai a l'Elisenda una ajuda per equilibrar les despeses, malgrat que ella, discretament, li ficava alguns diners als pantalons. En realitat, el Gerard no demanà mai res a l'Elisenda, ni tan sols que l'estimés. Ell no volia paraules que potser un dia es capgiressin, no li agradava pensar en promeses de flors i violes. Desitjava una relació assentada en la llibertat, en què les obligacions no espatllessin els rampells espontanis de l'amor. Calia donar sense esperar rebre. Ni dominadors ni dominats, ni controladors ni controlats... Preguntar no és ofendre, es diu... ¿De debò? Tenia tanta por a quedar-se sol per culpa d'una inconveniència, d'una cabòria que potser fos entesa com intromissió, com tafaneria...

L'esquena de l'Elisenda tenia molt de muralla, de línia de fortificacions que frenava amb la seva sobrietat qualsevol temptació d'esbrinar quelcom. ¿L'amor no era compartir i ajudar-se mútuament? No, no ho era; tot allò feia el tuf de la lletra morta de les normes no escrites, aquelles que l'home anomena moral. L'amor era oferir i oferir-se, però sense condicions. I ell no podia retreure a l'Elisenda la seva actitud; si ella volia entestar-se en una tasca que pràcticament l'aïllava del món de mica en mica era perquè així ho havia decidit, no tenia cap obligació de donar explicacions. Ella encara l'estimava, és clar; no li calia amagar-se en una feina obsessiva per no enfrontar-se a la veritat... ¿No? ¡No! Vivia amb ell, sol·licitava el seu assessorament per realitzar aquell treball, l'estimava a pesar que els seus cossos no s'unissin per demostra-ho... Feia una setmana i escaig que havia retrobat la masturbació. Tornar a això resultava dur quan el plaer dormia ensenyant-li l'esquena, la maleïda esquena que semblava prefigurar un futur paorós, el futur d'un matrimoni corrent o d'una parella que gasta les nits amorrada al televisor.

El Gerard, de puntetes, tingué l'anhel de saltar-se la seva pròpia llei, però la catifa de fulls esquinçats va cruixir i va impedir que guipés res per sobre l'espatlla de l'Elisenda. Potser, havia d'agrair a aquell soroll haver-lo salvat de cometre una imprudència.

—Hola, Gerard —saludà ella sense girar-se—. ¿Hi ha res de nou?

¡Quinze dies repetint-li la mateixa pregunta! Ell tenia tota la informació des d'en feia dotze, però demorava el lliurament cobejant una nota d'afecte que trenqués aquella fredor. Intentava fer-se pregar temptant la poca paciència de l'Elisenda. Tanmateix, plegava, ho deixava córrer; però volia fer constar d'alguna manera la seva inquietud.

—Hola —saludà ell sense respondre-li.

—¿I doncs, Gerard? ¿Que et passa alguna cosa?

—A mi, no.

—A mi tampoc.

Es mossegà la llengua. Ella continuava escrivint.

—Tinc les dades que desitjaves.

Per fi, l'Elisenda el mirà. Gerard oblidà totes les malastrugances quan va rebre un sincer somriure d'agraïment. Entre ells, enlairats, uns papers grapats.

—¿Hi és tot, aquí?

—És una sinopsi feta a cops de fotocopiadora.

Ella ho pren i ho fulleja sense deturar-se a llegir.

—Una sinopsi llarga. ¿Me'n faràs cinc cèntims?

—Abans preferiria sopar, si no et sap greu.

—No, al contrari. Jo també tinc gana. Anem a la cuina.

Gerard va cedir-li el pas, però ella no es bellugà fins que el xicot obrí la marxa. La porta de l'estudi va tancar-se enmig d'un grinyol.

Curiosa gana la de l'Elisenda. Un tall de formatge, aigua, fruita... ¿Quins quilos havia de perdre, si ella i el greix eren incompatibles? Cada dia menjava menys. Ell, mastegant la carn o els ous, sentia certa vergonya.

—El cas dels verins —explicava el Gerard, entre queixalades, a requeriment d'una Elisenda que no dissimulava la seva impaciència mentre li ronsejaven trossos de poma a la boca— fou descobert mercès a indiscrecions l'any mil siscents setanta-nou. Hi havia una trepa d'engalipadors sense escrúpols que treien profit de les ambicions dels talosos de Versalles. Els hi venien tota mena de porqueries que, segons ells, contenien propietats miraculoses... Quan va caure un, caigueren els altres. Fou empresonada una cort d'emmetzinadores, mags, avortistes, alquimistes i bruixots. Davant la magnitud de les primeres declaracions dels detinguts, referides a l'assistència de membres de l'aristocràcia a misses negres i a la seva implicació en el comerç i l'ús de verins, Lluís XIV instituí, per l'abril del mateix any, una comissió especial de justícia anomenada Cambra Roent, destinada a aclarir l'assumpte.

—¿Però van detenir tanta gent seguint el fil d'una indiscreció i prou?

—És clar que no. Els rumors simplement indicaven una persona. Tu la cercaves i, si trobaves proves convincents de la culpabilitat de l'individu, te l'enduies a la garjola.

—¿I eren convincents, les proves?

—¡Tu diràs! A casa d'aquells personatges hi havia flascons plens de sang humana, insectes esmicolats per preparar beuratges, arsènic...

—Ja, ja, entesos. ¿I que va passar amb aquesta gent?

—La Cambra Roent tenia ordres del rei d'actuar amb la més estricta de les justícies, sense distingir persona, condició ni sexe. D'entrada, el procés a Madame de Voisin, una de les protagonistes centrals de la trama, va desencadenar un seguit de delacions i de testimonis contradictoris que emmerdaren alguns cortesans propers al rei, inclosa la favorita d'aquest, Madame de Montespan, que cauria en desgràcia. El duc de Saint-Simon diu...

—Si us plau, estalviem les opinions dels coetanis.

—Bé, bé, com tu vulguis. Vegem... Ah, sí; com abans t'he dit, aquesta organització, per donar-li un nom, feia diners a costa dels desitjos insatisfets dels nobles. Hi havia els qui volien desfer-se del cònjuge per casar-se amb algú més interessant o els qui es delien per aconseguir un lloc rellevant a la vora del monarca. Amor i política. Per a tot tenien solució aquells brètols de nigromants, molts d'ells uns amateurs. Resulta difícil saber què donava més beneficis econòmics, si l'emmetzinament per afers matrimonials dins del món elegant de Versalles i dels ambients benestants, o les cerimònies en què participaven grans dames de l'aristocràcia amb l'ànim d'assolir influències o l'estima de certes persones. El negoci en aquesta vessant es basava en la venda de filtres d'amor i la retribució als oficiants de misses negres, els quals pronunciaven conjurs favorables al client, acompanyant-los sovint amb la degolla de nens. Sortien bé de preu, els nens; un escut, això costaven. La Voisin, que es dedicava als avortaments, proporcionava les víctimes al clergue Guibourg, un paio que estava com un llum...

—Perdona que et talli, Gerard, però... ¿Es va saber quina era la composició d'aquests filtres d'amor?

—¡I tant! Si l'assassinat de les criatures ja és quelcom fastigós, els elements que utilitzaven per fer el filtre fan vomitar. ¡Fins Lluís XIV va tastar-lo! Algú el barrejava amb el seu menjar, i després, els metges anaven bojos intentant esbrinar per què el rei patia aquelles indigestions... Si t'interessen els ingredients els tinc anotats, no t'amoïnis per això...

—¿Recordes si hi ha entre aquests una droga feta amb pols de cantàrides?

—No t'ho sabria dir, ara... Escolta, sembles molt assabentada, tu...

—No hi fa res. Continua. ¿Com acaba la història?

—Acaba a trets. La comissió jutjà tres-centes seixanta-set persones, foren condemnades a mort trenta-sis i exiliades d'altres vint-i-tres. Als acusats considerats perillosos pel que sabien, se'ls encarcerà per tota la vida, seguint les ordres del ministre Luovois. Això últim es devia al fet que l'afer havia acabat prenent cos d'assumpte d'Estat i, en conseqüència, membres de la cort van ser tancats o expulsats per la seva relació amb alguns dels encausats de més renom, els quals, provant de salvar-se, no dubtaven a involucrar qualsevol que tingués títol i posició. No els serví de gaire.

—Hum... Diguem noms, noms dels processats.

—Noms... Deixant de banda la Voisin i Guibourg, hi ha la llevadora La Lepère, hi ha Lesage, Marie Bosse, Mariette, Galet, que presumia de químic, les fetilleres Trianon, Filastre i La Chapelain, la Vigoureux... D'entre els pertanyents a la noblesa...

—Espera, espera. ¿No hi ha cap cognom espanyol?

—No. I mira que la llista és llarga.

—¿Ningú no se'n deslliurà?

—Hi hagué bruixes i màgics amb millor sort: els que fugiren del país en descobrir-se l'escàndol. ¿Qui eren? No s'ha sabut mai.

L'Elisenda clavà una mirada un xic decebuda en el seu plat ocupat per cors de pomes.

—No podia ser d'altra manera... No, és clar...

No era allà, havia marxat. Gerard sentí un calfred en veure una desconeguda petrificada d'ulls que s'arboraven contra alguna cosa més sinistra que uns indefensos residus de fruita.

—¡Elisenda! ¿Què tens?

—¿Eh?... Oh, no res, no en facis cas; parlava amb mi mateixa.

—¿I no podies provar de parlar amb el teu estómac? Des que no endrapes com Déu mana, vas de corcoll.

—Me'l noto feixuc...

—¡Deu ser pels farts amb què t'obsequies!

Ella sospirà i canvià de tema:

—¿Què pots dir-me de María de Jureteguía?

Gerard reconegué l'essència del pacte, titubejà i tornà amb certa malaptesa al seu posat de professor informal.

—María de Jureteguía... No hi ha gaire cosa. Sortosament, les dades que em donares m'han facilitat la recerca. Es tractava d'una bruixa, com tu deies, i venia d'una localitat navarresa, Zugarramurdi. Aquest lloc es féu cèlebre perquè bona part dels seus habitants estaven embolicats en pràctiques de bruixeria, sàbats i pallassades així. Tots anaren a parar a mans de la Inquisició, la qual va muntar un procés a Logronyo el mil sis-cents deu. L'inquisidor era Alonso de Salazar Frías, un tipus singular i gens semblant al típic capellanot de l'època; més aviat, era un científic que comprovava tot el que li deien abans de dictar sentència perquè sabia que molt del que es jutjava en matèria de bruixes es basava en supersticions. Això explica les poques condemnes a mort que hi hagué, i més si tenim en compte que el nombre d'acusats era considerable. ¿I endevines per què ho era, de considerable? ¡Perquè una noia de vint-i-dos anys, esposa del pagès Esteve Navarcorena, amb la família implicada en el cas, fou el principal testimoni a l'hora de descobrir la resta dels bruixots! D'aquesta manera, María de Jureteguía es reconcilià amb l'Església i només va ser desterrada a Urdax per un període de sis mesos, tal com consta en la sentència del set i el vuit de novembre de mil sis-cents deu. L'espieta desaparegué de la història quan se n'anà de vacances.

—¿Desaparegué?

—El seu rastre i el d'altres col·legues es perd a partir de l'arribada a Urdax.

—¿La Inquisició no els vigilava?

—No ho sé. Potser sí. Possiblement els que foren desterrats toquessin el pirandó vers terres on no els coneguessin, un cop complert el càstig.

—Però si María de Jureteguía va sortir-se'n tan bé, de l'assumpte, ¿per què no regressà a casa seva?

—Ho ignoro; però probablement, malgrat que la Inquisició duia els seus afers amb molta cura, amagant les identitats d'aquells que l'ajudaven, algun nom se'ls hi havia d'escapolir. La María havia estat declarada *confitente*...

—¿*Confitente*? —va interrompre l'Elisenda.

—Sí, era una categoria en la qual entraven els qui s'havien reconegut culpables de tots els càrrecs que se'ls imputaven. Els confitentes demostraven el seu penediment cooperant amb els inquisidors, informant-los i denunciant sospitosos... Doncs bé, encara que la María aquesta hagués estat perdonada pels tribunals inquisitorials, això no era un aval per ser acollida amb els braços oberts per un poble que, vés a saber, podia estar assabentat o no del que havia fet aquella veïna. Els parents de les bruixes cremades a la foguera no oblidarien pas de qui eren els mèrits de la cacera.

—Continua.

—¿Que continuï? ¡Ja no hi tinc res més a dir! ¿Et sembla poc?

—No, no, és suficient; m'has aclarit molts dubtes —agafà la sinopsi del Gerard, atrapada pel pes d'una taronja—. Això m'anirà força bé. És feina feta a consciència.

Al Gerard no li agradà la darrera frase. ¿Tenia ella quelcom a criticar-li?

—Elisenda, francament... Mira, mentre prenia aquestes dades no trobava enlloc quina relació podien tenir amb la teva tesi. No és palès el protagonisme de la religió, i allò de la histèria...

—Gerard, si us plau —digué l'Elisenda posant-li un dit sobre els llavis—, sóc jo qui estudia psicologia.

Van romandre quiets uns instants, cara a cara, ella amb el seu índex enganxat a la boca closa d'ell. El xicot entreobrí els llavis i s'apoderà del cap del dit. Va llepar-lo suaument, tancant els ulls. El féu sortir de la foscor coronat per la punta de la llengua. Ella, astorada, no abaixava la mà ni doblegava el dit. Dins l'Elisenda ensopegaren la realitat i el desig, l'obligació i la felicitat; tremolà quan el baf de Gerard li arribà als artells i el frec d'unes ungles li escalà pel braç. Llavors retrocedí. En l'esguard d'ell es reflectí una immensa pena que brillava a través d'una llàgrima que no volia vessar-se pel rostre.

El ridícul bes al front; «vaig a treballar una estona més». El Gerard es quedà sol a la cuina i un grinyol molest li indicà que no havia de continuar esperant.

Sota la porta de l'Elisenda, la ratlla groga que produeix la bombeta dóna color a un fons musical ara d'orgue, ara de flauta. L'Elisenda devia jugar amb discos nous, alternantlos. «¡M'ho podia haver dit, que agafava el tocadiscos!».

Ja no calia dormir despullat; seria absurd... Altrament, era desembre.

Hores més tard, entre somnis, cregué sentir unes mans que li recorrien curosament pit i cuixes. També notà una sensació humida que pujava per la columna vertebral, que inundava l'orella, que escalava el coll. Somià despertar, però els ulls no li respongueren i l'encís va finir. I continuà dormint.

Molt cerimoniosament, amb pinces de col·leccionista de segells, el Gerard lliurà la carta a l'Elisenda, carta que ell, involuntariàment, havia trepitjat en entrar a casa. Això explicava aquella línia corbada de to ennegrit que solcava el sobre. El senyor Ferràndiz l'havia llençada per sota de la porta del pis personalment menyspreant correus i la bústia del vestíbul de l'edifici. El missatge féu botar una Elisenda que feia poc havia tornat a gaudir de bons àpats i que presentava un aspecte més tranquil·litzador per al gust de Gerard.

—¡Oh, no, no! ¡No en perdonen ni una! —exclamava ella amanyogant el paper.

El sopar del vint-i-quatre de desembre, aquesta era l'amenaça. Si els Ferràndiz s'aplegaven alguna vegada solia ser, invariablement, per raó d'aquesta data. Més que un sopar era una oportunitat de donar fe de vida, o almenys, així ho interpretava la mare; des que l'ingressaren al manicomi, uns anys enrera, la seva malaltissa indiferència no minvà en absolut, però sorgí afegida a aquesta una característica discordant: interrogava el pare sobre la salut dels seus fills sempre que ell anava a veure-la. I aprofitava l'avinentesa de la nit de Nadal, quan se li concedia un permís de sortida del manicomi, per passar revista. El cert és que, una vegada els tenia davant, ignorava els seus fills; se'ls mirava, comprovava que eren vius i es posava a sopar sense voler saber-ne res més. No li hauria importat que qualsevol d'ells estigués borni, manxol o coix; l'important era no veure'ls morts.

Per al pare i per als nois la nit de Nadal fou sempre una nit qualsevol, fins i tot més trista i odiosa perquè no l'entenien. El Nadal no entrava en una casa que el consideraria un intrús. La Llúcia, que abans de residir a les tenebres tampoc no tenia motiu per destacar aquella nit de les altres, havia destruït les figures del pessebre després del naixement del Jaume; festejar allò li era tan [illegible] com el record dels aniversaris dels seus fills.

A l'Elisenda no l'incomodava el Nadal, però sí la gent que es vestia de Nadal. Resultava esgarrifós. Tothom es convertia en sucre, tothom era bo; el món es transformava en una bola de bondat plagada d'éssers repugnantment benignes. Per aquelles dates les persones eren respectables, i les que deien ser-ho tot l'any tenien propensió a patir un atac de fetge per sobredosi. Això, segurament, no li passaria mai, al pare. El senyor Ferràndiz, a més a més de recordar-li en aquella carta que la nit de Nadal no seria el mateix si ella no era a casa, li contava que havia malgastat tres dies buscant-la a la facultat i preguntant als estudiants si la coneixien i si tenien notícia que li hagués passat res; inevitablement, havia hagut d'empassar-se part de l'orgull i apropar-se al domicili del «miserable» que la tenia sotmesa per poder comunicar-se amb ella. Si podia, ja l'arreplegaria durant cinc minuts enmig del sopar i li exigiria una explicació a tanta campana. La cal·ligrafia que havia emprat l'home per dir-li tot allò feia palès el seu mal humor.

Resignant-se a obeir aquell manament, no fos cas que el pare deixés de banda d'una manera més radical el seu orgull i es presentés allà i provoqués un daltabaix, anà al menjador i va asseure's a terra, al costat de Gerard, el qual, davant el televisor, engolia un anunci de colònia rera un altre anunci de colònia. El noi ja no sabia què fer per arrencar un somriure a l'Elisenda, i menys, quan aquesta lluïa una gens envejable expressió de pomes agres. I ara semblava que havien regat el pomer amb aigua salada.

—¿El papa et felicita les festes? —inquirí el Gerard.

—No. M'ordena que vagi a fitxar.

—¡Segur que et donarà la paga extraordinària!

—¡Sí, home, i també l'aixovar! A casa, els subordinats no hem passat mai del salari mínim.

—¿S'ha oblidat de mi aquest cop, o em dedica alguna benaurança?

—Suposo que deu referir-se a tu quan parla d'un segrestador i les seves urpes...

—Reconforta saber que hi ha algú que pensa en tu.

Aquells mots sentaren a l'Elisenda com una pedregada i donaren l'alarma. Devia sospitar la veritat. Instintivament, agafa el Gerard pels cabells i el condueix d'una estirada a la seva falda. Abaixa el cap per ofegar el xiscle del noi amb un bes alhora que la mà que li resta lliure li engrapa el membre. Ell es refà de la sorpresa, aixeca els braços i pretén equilibrar les postures, però ella no cedeix i li estreny els genitals. Les cames de Gerard tremolen i el seu crit de dolor es perd a la boca de l'Elisenda. Ella mana. No permet que s'incorpori i no es deixa seduir per les seves carícies. Comença a fregar furiosament l'entrecuix de Gerard mentre perllonga un petó que amenaça amb asfixiar el noi. Ell mira de bellugarse, però sembla atrapat per una estàtua de dits de ferro que li fricciona el sexe amb violència per portar-lo a una satisfacció que no es correspon amb la seva idea de plaer. Minuts més tard, l'Elisenda ja no troba l'alè d'un Gerard tens i jacent que gemegava entre dents. No pot resistir-ho. Serra els punys, estreny la mà de l'Elisenda i acaben junts el que ella havia iniciat. Explota. Panteixa accelerat, semiinconscient, impregnat d'ell mateix, i ella, rosegada per una recança, li olora els cabells i li besa la galta abans de deixar-lo allà, tombat i confús. S'havien donat una almoina.

La veritat: ja no dormien junts, però només ella ho sabia. El Gerard estava convençut que l'Elisenda s'enllitava i es llevava mentre ell consumia la son, perquè sempre trobava desfet el seu tros de tàlem quan es despertava.

Ha recuperat alguns bocins amagats. Hi ha fragments horribles. Ara té onze anys i ell en té nou. Són en una piscina. El pare, fora de l'aigua, els vigila amb descurança. Molta gent, jocs aquàtics, espinguets, estiu. Ell intenta cavalcar damunt d'ella, però ella s'esmuny, se submergeix, el fa enrabiar. Van esquitxant-se fins a la paret. Allà, improvisen un joc. Un joc més. Ella passa per sota les cames obertes del seu germà i se situa a un parell de metres d'aquest. Quan ell inicia el seu torn, ella l'atrapa pel coll tot tancant les cames. És el joc. No li ha dit que ha d'anar amb compte, que allà hi podia haver trampa. Matar i morir, com els grans. Un burot nerviós sembla trencar-se entre les seves cames. Nota cops a les cuixes i un frec desesperat, el del cap del seu presoner debatent-se, a la base de les natges. És una sensació agradosa, aquesta, i la gaudeix mentre espera que el Bernat entri al joc i es quedi quiet. A punt està de cridar-li que es faci l'ofegat d'una vegada, però recorda que dins l'aigua no se sent res, que s'assembla molt al buit del qual mai no es torna. Una forta pessigada a una cuixa combinada amb aquesta certesa li fa alliberar la seva presa. El Bernat surt a la superfície ràpidament, sense color, xisclant entre la sorollosa quitxalla que omple la piscina. Alhora, unes mans l'han treta a ella de l'aigua. Topa amb els ulls del pare. Un bolet. Arrenca a plorar. El Jaume s'interposa, veu l'oportunitat d'una baralla i de demostrar el seu odi. Pare i fill intercanvien mots agres. D'aquí no passa.

Obre els ulls. El record s'ha estabilitzat després d'haverlo repetit quatre cops pel cap baix. No sorgeixen nous detalls, malgrat la concentració i la lenta reconstrucció de les imatges que creia perdudes, però n'ha vistes prou. L'esbós d'un crim. Un joc. S'angoixa. S'enfronta amb un mirall: demacrada, sí, una mica, però s'ho val. La primera fase ha acabat, i ha d'arrodonir l'epíleg que tenia a mig fer.

... fracàs total de la motivació voluntària. El recurs de la fam combinat amb música i prou no és factible des de l'instant que som conscients del que passa, cosa que activa unes defenses que ens fan suportar l'afebliment dels sentits. Com a molt, es patirà un esvaniment i un bloqueig mental. Vèncer l'atenció necessita, decididament, d'elements naturals però aliens al cos. La gana és un obstacle si no suplim la manca d'aliment amb un estimulant que sensibilitzi els sentits, sensibilització que els ha de potenciar i no consumir-los. Òbviament, els principis ara esmentats s'aplicaran en el proper experiment. L'amiga serà la voluntat, que haurà d'acceptar la companyia d'una droga encara no determinada; juntes, hauran d'eludir l'enemiga, l'atenció, i provocar un estat d'inconsciència que la inhabiliti. Assolit això, la possibilitat de penetrar en els centres nerviosos...

Escudella i fricandó, sis plats de terrissa, tres absents i tres presents, la cuinera que fugia de la casa durant les festes i l'entrada gens triomfal de Llúcia Ferràndiz recolzant-se en l'espatlla del seu marit. El Jaume, el Guillem i l'Elisenda contemplaven passius els preliminars del ritual sense dirigir-se la paraula (¿en quin moment havien tingut quelcom a dir-se?) i fitant el mateix decorat de tots els anys. En aquell menjador no se sabia mai si el rellotge anava, si era de dia o de nit, o quan arribava l'estiu o l'hivern. Els cortinatges dels finestrals no podien ser retirats: la roba havia estat clavada al sostre, al terra i a les parets, i cosida allà on es distingia una escletxa. Una idea de la mare. Aquesta i altres pensades aconsellaren el seu internament.

Ja asseguda, aquella dona d'ulls irreductibles i cabells de filferro gira el cap a la dreta i mira el Jaume, tan inexpressiu com ella, alt i apàtic, que mantenia la vista baixa esperant que finalitzés la repassada; després, fou el Guillem l'escartejat, el qual, nerviós crònic que no aquietava peus ni dents, preferia dirigir el nas vers el fricandó. A l'esquerra, l'Elisenda aguanta el metrallament de la mare, que no perd massa temps amb ella i, finalment, la cadira buida que separa la Llúcia de la seva filla, rep una pregunta:

—¿On és, ell?

Fernando Ferràndiz, dempeus al seu costat, li contesta. Ell és l'únic autoritzat a parlar.

—A París.

—No pot ser. L'any passat també hi era.

—Hi és sempre, Llúcia. Viu allà.

—¿No ha vingut a veure'm? —cada cop més, la seva veu era la d'una embriagada aspra i somnolenta.

—No, no ha vingut.

Aleshores, ensorrada en un seient que semblava un tron, no per la grossor d'aquest, sinó per l'escarransiment de la seva figura trasbalsada, la Llúcia Ferràndiz es dreça i ensenya el perfil als seus fills quan afirma al seu marit:

—¡Ja ho sé! ¡És mort!

—Que no, Llúcia. Simplement, no ha vingut.

—¡¡És mort!! ¡¡Aquesta gossa —i apuntà l'Elisenda— ho ha fet, a la fi!!

Enrojolada, la noia s'aixeca amb els punys tancats i la boca a punt de contraatacar.

—¡Elisenda, asseu-te! —l'ordre de Fernando Ferràndiz s'obeí de pet, i ell mateix, desconcertat, dubtava d'anar al seu lloc. Entre mare i filla, una cadira buida que semblava respirar era una barrera molt flonja.

—¡Segur que és mort! Vés a parlar-li i t'ho dirà.

—¿Amb qui he de parlar, estimada?

—¿Amb qui? ¡Amb ell! ¿Qui si no? Ell t'explicarà fil per randa com l'ha assassinat la mala bèstia aquesta...

—¿Et serveixo, Llúcia? —intervingué el seu espòs esgarriant-li el discurs.

—¡Sí!

Amb molta cura, el senyor Fernando aboca cullerades d'escudella. Els tres germans intercanvien llambrecs; la galta dreta de l'Elisenda és cremada pels gestos ferotges de la seva mare.

—¿On vas, Fernando?

Aquest, que caminava cap al seu seient, girà el cap:

—Doncs... aquí, al meu...

—¿Però és que no t'hi veus? ¡El nen no pot servir-se!

Hi hagué un silenci profund. Llúcia Ferràndiz, inclinada cap a l'esquerra, guaità el respatller vermell de la cadira amb cert enuig.

—El papa et posarà el sopar; almenys, m'ho podries agrair.

Quan el senyor Ferràndiz es disposava a omplir el plat que la cadira buida tenia davant, la seva dona va cloure un diàleg amb aquesta:

—¡Per a dir paraulotes, més val que callis!

Ja servit tothom, el sopar es desenvolupava d'una manera lentíssima. La Llúcia marcava el ritme i la resta de la família s'adaptava a ingerir fragments de ranxo que es refredaven pel camí. A més, ella sadollava aquells moments amb comentaris sense solta ni volta que no eren replicats per ningú; de vegades, el senyor Fernando havia de guiar les seves opinions abans no ofenguessin cap dels presents, els quals, per altra part, assumien no dir ni mu amb tota naturalitat.

—A l'hotel menjo millor —perquè ella s'estava a un hotel, guarint-se d'unes molèsties d'origen nerviós, res d'importància—, no sé a què es deu... ¡No t'he demanat el teu parer!

La cadira romania callada.

—¿De debò que l'any passat era a París?

—Sí, estimada —respongué el senyor Fernando—. Va marxar pel setembre. Fa dos anys, sí que sopà amb nosaltres.

—Ja... I ara, és mort. Encara sé comptar.

—No és mort.

—És clar que sí. ¿I saps que en penso? ¡Que ja era hora! ¡Hem acabat de patir! A juliol podrem fer vacances.

I esmentà a continuació que una comtessa pertanyent a una branca bastarda dels Habsburg, que també s'allotjava a l'«hotel» per «problemes de pelvis», li havia regalat un munt de prospectes turístics. Durant una llarga estona, viatjà arreu del món enmig de l'ensopiment general. El Jaume i el Guillem, a més de no comprendre d'on li venia, a la mare, aquella nova dèria referent al Bernat, ja no sabien com perllongar la vida dels pocs trossos de vedella que navegaven per la terrissa, i l'Elisenda, que es trobava en la mateixa situació i que tenia decidit tornar a rebaixar-se la teca un cop finides les festes, mirava el seu pare carregada de tensió. Aquest, seguia el corrent a la seva muller i, si convenia, li capiculava els arguments amb una sang freda que en ell no era una virtut.

La Llúcia, enredada ara en un monòleg sobre la qualitat d'uns cistells de vímet que fabricaven uns hostes de l'«hotel», adreçava el seu parlament a un angle del sostre. Això permeté un ràpid bescanvi de xiuxiueigs entre pare i filla:

—¿On ets a hores de classe, tu?

—No n'has de fer res... La mama xerra massa.

—Tranquil·la. No li costa controlar-se, encara que no ho sembli.

—S'està passant de la ratlla.

—Sap perfectament de què no ha de parlar.

—¿Continuarà callant a juny, quan sigui veritat el que diu?

—Ella ja l'ha matat, ¿no ho has sentit? No li sorprendrà gens que li ho anunciem d'aquí a sis mesos. S'ho prendrà com una recordança.

—¡Merda!... Tot això és patètic. ¿Ni tan sols heu pogut desclavar les cortines de la paret, després de no sé quant de temps?

—A la teva mare no li agrada que les coses siguin fora del seu lloc.

—Papa, cada dia estàs pitjor... Tu no clavaries les cortines, no; ¡tu ens clavaries a nosaltres, aquí!

—¡Mira, nena, no m'empipis! El trinxeraire amb qui vius ja t'ha privat d'anar a la facultat, no m'ho neguis, i...

—Papa —digué el Guillem, deturant la discussió, mentre la Llúcia cantava les meravelles que es feien amb vímet—, el Jaume no sé què vol dir-te...

—¡Ara mateix! —confirmà el Jaume ofegant la veu al màxim.

Fernando Ferràndiz esbufegà, passejà la vista de biaix per les faccions de la seva esposa, la qual parpellejava endevinant activitat a l'altre extrem de la taula, i imposà una demora:

—¡Després! Deixem-ho per després. ¡I feu el favor de callar tots!

La Llúcia, uns quinze minuts més tard, s'adonà que els seus coneixements artesanals no interessaven a cap dels aplegats. Va fer morros i es cruspí les restes del sopar ben de pressa. Els altres comensals pogueren, per fi, deixar net el plat.

—Abans de les postres —avisà la Llúcia—, vull ensenyar-vos el meu regal de Nadal... És una creació personal... Fernando, si us plau...

El senyor Ferràndiz s'aixecà i sortí del menjador. Els tres germans temien aquell instant, recordant els anteriors regals nadalencs de la seva mare: una enorme branca d'arbre de forma fàl·lica pintada amb taques blaves, vermelles i grogues i amb un croissant enganxat a la cúspide —«no és complicat ser artista, fillet; jo, per exemple, he reproduït un Miró», digué en aquella ocasió al Bernat—; un cap de porc dissecat i muntat sobre una planxa de fusta a manera de trofeu de caça, amb barret marró, corbata verda, una patata grillada a la boca i un cartell penjat del coll en el qual es llegia: «T'estic vigilant» —el senyor Fernando aconseguí amb penes i treballs que no instal·lés allò en el lavabo—, i un bust d'escaiola de Beethoven, transvestit gràcies a uns tocs de maquillatge en els llavis, els ulls i les galtes, i a dues tulipes pansides cargolades a les orelles... El pare entrà duent una capsa de cartró de poc volum. La Llúcia, amb un posat de dignitat encarcarada, observà com el seu marit col·locava el paquet davant ella. Silenci. Mira a l'esquerra:

—Aquest brètol no té gana... ¡Bah, que es faci fotre!

Efectivament; la cadira no havia endrapat res.

—¿Us he parlat del meu nou entreteniment?

—¿Els... brodats, oi? —sondà el senyor Ferràndiz.

—No siguis vulgar, estimat... ¡La botànica! Aquest és.

Tothom imaginà variades monstruositats: des d'una planta carnívora amb frac fins una corona d'espinacs. La capsa s'obrí i aparegué un magnífic exemplar de cactus de punxes agressives, encastat en un test no gaire gran. En cada punxa hi havia empalat el cadàver d'una mosca. Tot el cactus era un cementiri de mosques negres i polsegoses.

—¡No us imagineu com m'he divertit amb aquesta feina! El procés ha estat laboriós, no cal dir-ho... El secret consisteix a atrapar la mosca viva; després, se la punxa amb una agulla sense travessar-la i, tot seguit, la fiquem al cactus, on hi hagi un lloc lliure... Ja inserides, bellugen les potes com si volguessin arrencar a córrer, les molt imbècils... A alguna se li escapen una mena de cucs blanquinosos, però no sé per on els surten... Algú m'aconsellà de posar-hi escarabats; ni en vaig fer cas. Són massa senzills d'agafar... Bé, ¿què us sembla? Penseu que ho he fet amb les meves pròpies mans.

El senyor Fernando havia de dir alguna cosa, i va encertar la paraula que parlava també pels seus fills:

—¡Impressionant!

—A la primavera, floriran... Tot floreix per primavera.

Llavors, moixos els rostres en un ambient estamordit, l'Elisenda s'alçà violentament i anà cap a la sortida:

—¡Bon Nadal a tothom! ¡Adéu!

—¡Elisenda! —crida el seu pare.

—¡Deixa-la marxar! —ordena la Llúcia al seu espòs— ¡Meuca! ¡Vés-te'n d'aquí i no hi tornis! ¡Fora! ¡¡¡Fora!!!

—¡Calla, Llúcia! —es rebel·la el senyor Ferràndiz— ¡Nena! ¡Nena, vine!

—¡Que se'n vagi! ¡Porta les postres, Fernando!

L'home abandona el seient, però per empaitar la seva filla.

—¡No morirà! ¿Em sentiu? ¿Em sents, mama? ¡¡¡No morirà!!! —i la noia féu una portada contra la qual va retrucar Fernando Ferràndiz. Rera d'ell, tot s'havia esberlat:

—¡Papa, vull parlar amb tu ara! ¡Ja n'estic fart! —clamava el Jaume.

—¡Asseu-te i acaba de sopar, llengut! —s'esgargamellava la Llúcia— ¿Com goses...?

El Guillem somicava com un animal ferit.

L'Elisenda va tapar-se les orelles fins a ser ben lluny d'allà.

Una de les coses que feien dubtar el Gerard del seu senderi era llegir, per exemple:

«Els romans implantaren el romànic com a llengua oficial de la península ibèrica».

O els nens eren estúpids, o ell no els alliçonava com calia... O se'l rifaven.

Corregint exàmens a l'hora de la missa del gall, el Gerard s'aïllava del misticisme d'aquella nit i recordava que estava molt bé això d'estimar-se els uns als altres, però l'emprenyava que la frase en qüestió només fos vàlida per un parell de setmanes. Aquesta hipocresia universalment acceptada l'havia allunyat d'aquella i d'altres festivitats.

Truquen per telèfon. Esbufega i deixa un bolígraf vermell damunt una torre de papers; s'aixeca, camina, obre els dits per agafar l'auricular... i el telèfon calla sobtadament. El Gerard arronsa les espatlles, gira cua i torna a la taula a reprendre la feina. Un segon truc li impedeix ocupar la cadira. Salta cap al telèfon, el despenja, pensa que és algú que escampa felicitacions... L'únic que escolta és un soroll similar a una tempesta de sorra en un desert. ¿Una interferència o la broma d'un que s'havia avançat al dia dels innocents? Crida «digui» dos cops, penja, i va a bregar de nou amb els exàmens.

¿Tan malament ho feia? No. Ell sabia explicar. El que passava és que aquells galifardeus que tenia per alumnes no escoltaven el mestre; se'l miraven i aprenien allò que mai no seria matèria de qüestionari. Segurament, escriurien que aquell xaval era massa honrat com per a entusiasmar-se amb el que exposava a classe i que feia el mico dient el que li rotava sobre la història, saltant-se els manuals i les veritats intocables. I en conseqüència, ells, bons minyons, podien opinar que: «Quan els moros foren expulsats de Granada, s'establiren a Marbella.»

I no dirien cap mentida, no, perquè el Gerard, l'autoritat a l'aula, el professor, els ensenyava que l'absolut no existia, que el blanc i el negre eren ficcions i que la història i la vida son assignatures que es mouen dins la relativitat. ¿Qui els obligava a repetir la versió oficial? ¿No podia estar equivocada o manipulada, aquesta?... ¡Obligacions! ¡L'arrel de la ximpleria! ¿Per quins set sous era obligatori estimar-se els uns als altres durant dues setmanes, com si l'amor fos una mena de moneda que només tingués valor en unes dates concretes? Aquelles bestieses que llegia eren la seva aportació involuntària a la formació d'uns adolescents que, potser, l'idolatraven... Ell era un bon mestre, només culpable de no renunciar a intentar viure amb imaginació.

El telèfon dringa altra vegada i el Gerard arrufa el nas. El deixa sonar una estona llarga i es decideix a provar sort davant la seva pertinàcia.

—¿Digui?

—¿Elisenda? —preguntà llunyanament una veu aguda.

—¿Digui? —insistí el Gerard apujant el to.

—¿Viu aquí l'Elisenda Ferràndiz, si us plau?

—Sí, aquí mateix.

—¿S'hi pot posar?

—És que no hi és; ha anat a sopar a casa dels seus pares.

Aquella informació divertí molt el seu desconegut interlocutor:

—¡Caram! ¿Ja s'ha hagut d'abaixar els pantalons? ¡Que curta li ha estat la independència!

—¿Qui és vostè?

—Sóc el seu germà, el Bernat. ¿Tu deus ser el Gerard, oi?

—Sí, sí, sóc jo.

—L'Elisenda m'ha parlat força de tu. ¿Us hi aveniu, encara?

Ella li havia comentat que el seu germà era un tipus simpàtic, però d'una simpatia grollera; no tenia mala intenció, i per ser tan directe solia ficar-se de peus a la galleda.

—Doncs... sí, és clar...

—T'ho pregunto perquè el que hagi anat a sopar a casa dels pares, precisament, és un símptoma de desesperació greu. Per un moment he pensat que us havíeu barallat... ¿Que saps quan tornarà?

—No m'ha dit cap hora.

—Bé, mira: quan torni, si és que no la rapten els meus parents, fes-li un test psicotècnic i comprova que sigui ella i no un robot; després, li dius que he trucat per desitjar-li un bon any, que també te'l desitjo a tu, i...

—Gràcies.

—... de res, i que provaré de telefonar-li un altre dia, i si no puc, ja li escriuré. ¿Tot tranquil, a Barcelona?

—Menys les consciències d'alguns, tot —respongué el Gerard sortint del seu laconisme.

El Bernat va riure de gust:

—Escolta'm, nano, he de tallar, que les conferències van cares. Un mes d'aquests us vindré a veure i llavors ens coneixerem tu i jo. Tingues cura de la meva germaneta, ¿eh? *¡Joyeux Nöel*!

I va penjar abans que el Gerard pogués acomiadar-se.

Retornà als seus exàmens. ¿Quants dels seus alumnes acabarien com el Bernat? El petit dels Ferràndiz li semblà el model d'aventurer en què es convertirien aquells nois que eren més brillants i alhora un xic cínics. Potser, estava covant cavallers de fortuna que cercarien experiències que ell només somiava.

Dubtava. Mai no s'havia trobat amb la necessitat d'improvisar una passejada. No sabia cap a on tirar. Depenia de la velocitat amb què volgués pensar com fer diners; un trajecte llarg la podia decebre i un de curt la faria precipitar-se. La idea no havia de ser ni massa elaborada ni massa barroera. El metro no obriria fins a les sis; tenia unes hores per deixar-ho lligat... Mirà la nit, sospirà, i deixà a l'atzar el rumb de les seves passes. Les voreres lluïen llepades per la humitat, i el ressò del brogit causat per alegres noctàmbuls nadalencs la fa imaginar una altra ciutat, un lloc on amagar-se amb el Gerard i oblidar la terrible roda del temps, la roda esclafadora...

Diners ràpids. Diners ràpids són cosa de genis, de lladres i d'encertants de loteries... Ella no en tenia gaires, d'estalviats, i tothom sap, o suposa, que qualsevol droga en estat més o menys pur té uns preus elevats. No posseïa joies; els llibres els necessitava, no els podia empenyorar... ¿I si resultava ser barat? També hi havia categories, en allò... Potser, el cost es relacionava amb la presentació de la mercaderia. Segurament, si la droga encara no havia estat tractada, li vendrien una planta ficada dins un test; de no ser així, possiblement li ho donarien preparat en sobrets, com si fos una camamilla...

Un jove alt i bru, de cabells negres i coll de brau, passa pel seu costat venint en direcció contrària. Els seus ulls grans i rodons la miren a través d'unes ulleres abans de perdre's camí amunt. Hi havia tanta indiferència en aquell llambrec que ella cregué haver-se fet invisible; el jove devia haver mirat un fanal, la tremolor d'unes fulles d'arbre, un aparador, el no-res... El no-res... ¿No era allà? Es frega els braços i la seva solidesa li diu que segueix dins el temps... Pensa que li cal fer-se una revisió mèdica per calibrar la fortalesa del seu organisme abans d'enfrontar-se amb aquells experiments. Ella mateixa ha de ser la seva pròpia rata de laboratori i no pot permetre's trastorns en la salut...

Hi ha algun vianant, sempre molt llunyà, que li recorda el Bernat. Però no gosa apropar-se a ells per fer els records més vius. Tem trobar esguards tan buits com el d'aquell noi, esguards de menyspreu... Des d'una tenda de joguines, un munt de nines la fiten. El pes dels seus ulls morts la destarota i la fa sentir-se inútil. Ningú no li fa cas, ningú no s'adona que pateix. Tothom que la mira la ignora, passa de llarg, fuig d'ella tot advertint l'empremta d'una angoixa capaç de destorbar la música d'aquells dies de mel... Està trasbalsada. ¡Merda de sopar! Havia de pensar com fer diners i no malbaratar el seu poc temps a compadir-se d'ella mateixa. Torna a entrebancar-se entre l'economia i la conveniència d'adquirir el producte en estat natural o convertit en pols.

Una visió travessa l'asfalt. Dos nois de bracet avancen cap al foscam ràpidament. Un es repenja de manera ostensible sobre l'altre; esgrogueït i suat, fa pudor de vòmit i es deixa portar pel company. L'Elisenda refrena la nàusea i esborra d'aquella estampa el rostre del seu germà petit.

S'endinsa per Gràcia i topa amb reductes de festa, solatges de cava i gent que es movia a poc a poc. Ella destrossava pensada rera pensada i les ungles li deixaven marques dintre dels punys. Nit de pau, nit de celebració de la vida... L'odiava, aquella nit; odiava tothom, els vius i els morts... Passeja més de pressa quan no pot pensar i acaba voltant carrerons adormits mentre lluita contra el plor.

De sobte, li talla la singlada un individu calb amb abric, madur i rialler, que l'agafa per la cintura sortint de les ombres que l'amagaven.

—¡Hola, nena! ¿Véns a fer-me companyia?

L'Elisenda no crida; actua. I etziba una empenta a l'home que el fa topar amb una paret guarnida amb vells pasquins electorals. Gira cua i marxa. La veu de l'home, estès a terra, l'acaba de foragitar amb la seva simpatia de bergant:

—¡Quina mala llet, bufona! ¿No saps que aquesta és la nit de l'amor universal? Només en volia una miqueta... ¡Ets molt maca, tu! ¡Molt, molt maca!

No era el primer cop que li ho deien, com tampoc no era el primer cop que algú li ho declarava ultrapassant-se... Si es reconciliés amb el somriure, assoliria la categoria d'encantadora, el poder de ser irresistible... A segons quines persones, el riure no els servia de res; l'home aquell reia, però reia perquè estava sol i el riure li emmascarava el seu drama, la faç negra del Nadal... Hi ha solitaris a qui agrada la companyia per prendre una copa i parlar de qualsevol tema; hi ha d'altres... Així, natural, era maca, sí...

L'estació de metro de Fontana ja és oberta. Compra un bitllet i baixa el primer tram d'escala. En el revolt, la paralitza la presència d'un home elegant, amb jaqué blanc i pantalons, sabates i corbata de llacet negres, que fuma amb broquet i remena unes cartes tot recolzant-se en la barana. Deu tenir uns trenta anys i escaig. Duu pestanyes postisses i el foc pintat en els llavis. No ignora l'Elisenda, i es clava en el seu camí fent de les cartes un ventall en el qual el dibuix es redueix a cercles daurats. Sota aquest, l'enigma.

—Pren-ne una.

¿Torna enrera o li escampa les cartes d'una manotada? Ella no era gaire amiga de la vida del metro, una còpia crua de la ciutat amb els seus captaires, delinqüents, venedors d'andròmines, concertistes, ballarins i, sobretot, masses. Allà, hi havia adquirit bijuteria, còmics, roba, revistes, productes de manicura... S'hi havia trobat de tot, menys un mag, o un xerraire que digués ser-ho. El desconegut tenia un punt de sofisticació que no semblava propi d'un estafador, però ben bé podia tractar-se d'un bon actor amb molts anys d'ofici.

—Va, pren-ne una.

—¿Qui és vostè? —preguntà ella un xic bocabadada.

—Això tant se val.

Un solitari; un solitari que li demanava participar en un joc d'atzar... No trigaria gaire. Seria la seva bona acció nadalenca i, a més, el cansament la feia transigent. Donaria una oportunitat al solitari desconegut... Tothom en mereixia, d'oportunitats.

—Som a una nit màgica i a una ciutat màgica, la ciutat dels dracs —assegurava l'home del jaqué blanc—. I aquí i ara, fugitius de la llum que encara no ha nascut i alliberats, de moment, de les lleis i de la raó, tot pot ser meravellós si així volem que sigui... Una carta, només... L'emperador, l'emperadriu, el boig, la mort, la roda de la fortuna, els enamorats, la torre, el carro...

Ella agafa una carta, li fa la volta i apareix impresa una figura amb cap i potes de cabrot i pits i braços de dona. L'home del jaqué blanc no veu el naip ni sol·licita veure'l, però parla d'aquest com si l'Elisenda li l'estigués mostrant:

—És Baphotep, l'arcà quinzè, el diable segons els Templaris, el rei dels sàbats... És la violència, la luxúria, la mala intenció, l'esperit de l'estrall. També significa la pèrdua de la por vers un mateix, l'energia de la passió dirigida a comprendre l'ànima... Serà allò que tu vulguis... És la teva carta...

Silenci. L'Elisenda, encisada pel dimoni de cartró, tarda a aixecar la vista. L'home no hi és; d'ell, ha quedat tan sols la burilla de la seva cigarreta, una cigarreta sense marca. Corre escala avall cap a l'andana. No hi ha ningú. Puja i escorcolla els passadissos de l'altra andana. Res. Arriba a dalt i s'atansa al cobrador:

—Escolti, ¿ha vist passar per aquí un home amb un jaqué blanc i llacet negre? Duia un broquet, també, i unes cartes de tarot a les mans, i...

—Dispensi, senyoreta, però no hi ha entrat ni sortit ningú, llevat de vostè.

L'Elisenda, amb el cap cot, li donà les gràcies i anà a esperar el metro, amb Baphotep de cara a la seva cuixa. Asseguda a l'andana, deixà escapar dos trens mentre buscava respostes entorn al mut boc de trets femenins. Potser, aquest li féu admetre definitivament que, en efecte, ella era una noia que feia força goig.

Hi ha una sèrie de drogues que són interessants per unes seqüeles particulars, però que no aconsegueixen apropar-nos a l'objectiu de la investigació ni de bon tros.

La cocaïna és un poderós estimulant que activa l'eufòria, com una trallada, i potser també (!) els instints del plaer, malgrat que no hi ha acord en aquest punt. Però l'abús de cocaïna ocasiona depressions, nerviosisme, i uns símptomes al·lucinatoris variats, que inclouen sensacions tals com la de ser furgat sota la pell per insectes. Aquestes al·lucinacions són el primer pas cap a la paranoia.

La bencedrina estimula el cervell, com la cocaïna, però es responsable d'indigestions i insomni. L'únic positiu que té és que fa perdre la gana. En general, aquesta droga augmenta l'ansietat.

La *cannabis indica*, coneguda com haixix o marihuana, provoca la fugida d'idees, idiotesa, riallades convulsives i sensacions de pànic de vegades irreversibles. D'altra banda, la seva funció sensibilitzadora aguditza les percepcions d'espai i de temps, però en contrapartida pertorba l'afectivitat, i un desconeix quines coses li agraden o li desagraden en plena intoxicació.

Les drogues esmentades, més els opiacis i la morfina, intensifiquen de tal manera les impressions sensitives que aquestes es converteixen en al·lucinacions. Però tot això es dirigeix cap a l'exterior: L'addicte a aquests estimulants extralimita el seu entorn, del qual és ben conscient, i dota de vida qualsevol objecte enmig de moments de màxima sensibilitat, amb permutes d'efectes de bellesa, dolor i nostàlgia —i amb la nostàlgia no fem res; aquí, no cal. És un succedani ineficient—. Per acabar-ho d'adobar, poden produir estats maníacs, recargolament de tripes, rampes a les cames i convulsions, i, a més a més, l'anul·lació de part del sistema nerviós quan l'organisme s'habitua a determinades drogues: l'individu pot romandre immòbil, com un vegetal, durant hores, sense necessitar res de res, ni contacte humà, mirant sense veure i respirant sense viure. La caiguda en la paranoia és una qüestió de temps, i que depèn de la resistència de cada persona tant a l'hora d'ingorir la substància com de prescindir-ne de manera parcial o total (símptomes de manca).

En conclusió, rebutgem tots aquests productes i ens centrem en un de sol que reuneix...

Va enredar al Gerard dient-li que el seu pare havia tornat a convidar-la a sopar. Però l'Elisenda, la nit de cap d'any, sopà un humil entrepà de botifarra a peu dret en un bar de l'Eixample proper a la plaça de la Universitat. No va prendre el raïm a les dotze; no tenia cap motiu per desitjar ni desitjar-se un bon any. Anava a cercar la repulsió i, involuntàriament, aquesta començà amb els petons que li feren joves i vells en la disbauxa posterior al naixement del mil nou-cents vuitanta-nou. Eren petons de desconeguts que, per uns segons, es transformaven en amics de tota la vida, fent d'aquell gest espontani una esperança de concòrdia. Ella no retornà les besades, però repartí somriures a dojo, somriures planyívols que duia mal assajats i que havia d'utilitzar ara, a la feina.

Marxà del bar sense assimilar aquells breus afectes. A on anava era molt possible que es repetissin les mateixes escenes, però ella no havia de creure's res. Vindrien més nits, i en aquestes no hi hauria cap excusa per fer i rebre petons tan alegrement... Bé, sí que n'hi hauria una, igual a la que l'empenyia a acceptar l'aroma de les pells que es fregaren amb la seva com un avís del que l'esperava ara i en un futur.

Féu un curt trajecte fins a la festa que havia escollit, en un local situat en un carrer fronterer a la ronda de Sant Antoni, un lloc singular amb la faiçó d'un envelat majestuós de clares reminiscències teatrals: falsos canelobres, frescos en el sostre i una fila de llotges a cada costat de la gran sala de ball, en les quals ressaltaven estovalles vermelles cobrint taules envoltades de sofàs o de senzilles cadires, i rematant aquest conjunt, una ampolla de cava. Una orquestra saltava del vals a la mazurka, del swing al blues, de la polca a la samba, del fox-trot al rock, fent saltar la gent amb ella.

L'Elisenda no va entretenir-se contemplant el decorat; es ficà de ple en el batibull de barrets de cartró, confetti i espanta-sogres. Immediatament, un riu humà l'arrossegà arreu de la sala al ritme de la conga, i les sotragades de la massa mig embriagada la feren aürtar contra el pit d'un home d'uns trenta-cinc anys que duia un jersei de coll alt tan negre com els seus cabells. Ella, a punt de perdre l'equilibri, s'agafà del braç i de la cintura de l'home, i aquest va tesar-se mentre la seva mà s'obria com un llamp sota l'aixella de la noia. L'Elisenda no havia de pensar, havia de fer i deixar-se fer i, per això, va estrènyer aquell fort braç i tornà el somriure de simpatia a l'atractiu desconegut:

—Gràcies; per poc caic de morros —digué ella sense deixar-lo anar— No t'hauré fet mal...

—No, gens ni mica...

—Si m'ha vist la teva dona poster malpensarà de tu.

—No en tinc, de dona, jo —la rectificà ell, tot fent riure els seus ulls.

¿Tan fàcil podia ser? És clar; al capdavall, ella era maca...

Ja no se separarien, malgrat les serps que amenaçaven trencar-los el llaç només que afluixessin els dits que havien entrellaçat. La música manava els capricis de tant engrescat; la multitud bullia, ensopegava, s'ensulsiava, s'aixecava; rodaven ampolles buides i estómacs farts; una senyora grassa vol imitar la Silvana Mangano i rep una pluja d'aplaudiments i xiulades; les trompetes anuncien *El gegant del pi*; les trepitjades augmenten, i el fum dels cigars aporta la boira a la marea. Entrades, sortides, ningú no s'atura; tot es multiplica, baf, soroll, ganyotes. L'Elisenda i el seu acompanyant, embolcallats en tires de paper blanc, vermell i verd, lluiten contra el corrent que ve del carrer, fugint d'un ambient cada cop més carregat. Ja fora del local, despentinats i rebregats, l'Elisenda intenta abraçar el vent per recuperar l'aire que havia extraviat allà dins; ell posa el nas al cau de la seva orella i pregunta:

—¿On vols anar?

—¿Quina hora és?

—Les tres de la matinada, encara no.

—Tu saps on podem anar a aquesta hora —tira el cap enrera, recolzant-lo en l'espatlla d'ell.

—¿De debò?

La xicota volia escoltar música, la que fos, no tenia manies. Era un preludi del qual no prescindia mai. I el Gerard anà a l'habitació de l'Elisenda a buscar el tocadiscos. Ella se l'havia fet seu quan començà a treballar en la tesi, així, a les bones.

Ell, convidat a una festa de Cap d'Any organitzada per vells camarades de xerinola, va imaginar que les relacions de l'Elisenda amb la seva família milloraven, sinó, no s'explicava el per què de la presència d'ella, ara tan continuada, en els àpats assenyalats. Sense rumiar res més, anà a la revetlla content i tornà d'aquesta ben alegre i amb un tros de diversió de formes corbes i rínxols daurats, que feia tanta patxoca com l'Elisenda i que hi afegia la gràcia a la qual aquesta semblava haver renunciat. Fins i tot sol·licitava un toc de comèdia, impensable en la noia que estimava i que no es deixava estimar: un fons de Mecano, de The Cure, d'Elton John...

El tocadiscos era als peus del llit; damunt d'aquest, reposaven en íntim desordre folis mig escrits a mà i a màquina i discos de compositors espanyols que a ell li eren del tot desconeguts: *Concert per a claveci en* la *major* i *Simfonia en* do *major* de Mariana Martínez; *Sonates i altres peces per a teclat* de Félix Máximo López; *Sonates per a dues flautes* de J.B. Pla; *Obres per a piano* de Teobaldo Power... A la força, aquestes eren les músiques amb les quals l'Elisenda ambientava aquella tasca d'un mes ençà, les músiques insistents, diàries, que el castigaven i li treien les ganes de saber què feia ella quan es tancava a la seva cambra durant hores... Mirant les fundes dels discos, desvià la vista cap als fulls i llegí ràpidament, quasi sense voler, unes quantes frases:

> La regressió en el temps no és cap impossible. Els impossibles són pures barreres mentals amb més pes semàntic que no pas empíric, i que ens posem quan no admetem la nostra pròpia limitació. Diem que una cosa és impossible quan no l'assolim amb els mitjans...

Féu ballar els ulls d'un paper a un altre, tots esmenats, algun estripat, indiferenciats els vàlids dels refusats. Llegia de pressa, molt, molt de pressa, i tingué la impressió que l'Elisenda donava massa importància a temes prou suats i sense solució a hores d'ara, llevat que aquestes parts fossin tan sols un fragment d'una teoria més ambiciosa i original. Això últim fóra més propi d'ella, ja que no...

—¡Gerard!

La veu, venint a través del desèrtic menjador, li recorda la noia que no estimava però que es deixaria estimar, i que l'Elisenda li havia dit que arribaria passades les sis, si fa no fa, i que s'enduu el tocadiscos perquè és seu, i...

Aleshores, amb l'aparell en braços i a punt d'apagar el llum amb el colze, veié sobre la tauleta de nit un llibre que presentava punts i petites taques d'un color amarronat a la portada. S'asseu al llit i aixafa uns quants papers que hi havia escampats per aquella vora; deixa el tocadiscos a la seva falda i pren el llibre. Olora a desuet; l'ocre clapa les puntes i les superfícies d'unes pàgines gruixudes engolides pel groc de la història. És un manuscrit relligat amb cobertes bastes, mut en el primer full, emfàtic en la meitat inferior del segon:

RELACIÓ DE LOS FETS HERÈTICS
QUE SE DONAREN EN LO NOBILÍSSIM BISBAT
DE CALAHORRA DURANT LO REYNAT DE
SA CATHÒLICA MAGESTAD CARLES II,
ESCRITA PER CHRISTÓBAL FERRÀNDIZ DE
DÀVALOS

—Gerard, t'estic esperant.

La noia, en el llindar de la porta, s'amagava les mans a l'esquena i balancejava el seu cos abrigat només amb una camisa de ratlles liles, la camisa d'ell.

—Em sap greu, t'ho havia d'haver dit... —s'excusa el Gerard— El meu aparell és dels antics, dels d'un sol altaveu...

—Sentirem la música igual... I suposo que no tots els teus aparells seran tan antics.

—¿Eh? ¿Com goses...? ¡Ja t'ensenyaré jo!

Féu el gest de voler alçar-se a cuita-corrents; la xicota, rient, fugí a l'habitació d'ell. El Gerard, surant en una onada de cava que li enterbolia la ment a estones, deixà el llibre al seu lloc, es posà dempeus amb certa dificultat i tancà el llum. Deu minuts després, sonava l'estil de Mark Knopfler interpretant *A local hero*, i ell, damunt d'ella, petoneig va, petoneig ve, mira sorprès uns foradets que hi havia a la fusta del llit, uns foradets minúsculs i nouvinguts...

L'estreta nota que substituí els bitllets a la cartera, deia: «Perdona'm, els necessito. Adéu». Amb les sabates a les mans, caminà cap a la porta i sortí d'allà. L'home dormia tranquil·lament i no la sentí marxar.

Estava espantada de la seva pròpia fredor. S'havia comportat com una màquina, una màquina capaç de fer gaudir fins al límit i que, deixant de banda uns diners que havia acabat robant, no va treure a canvi cap profit. Però no s'hi capficà més; allò no importava, ja era una anècdota, i sabia que en viuria unes quantes, d'aquestes. Els pensaments havia de concentrar-los en altres coses, en l'objectiu...

Els pocs autos que encara corrien pels carrers feien descansar les botzines. El nou any ja governava i no calia recordar-ho. Les deixalles de la festa farcien les llambordes de la ciutat amb vidres estellats, esclofolles i paperines, serpentines, llaunes i garlandes de plata; els drapaires matiners omplien els sacs i una cançó d'amor borratxa volava entre els edificis sense trobar ni públic ni coral. Amb l'albada regressava la normalitat, potser una mica estovada.

L'Elisenda entrà a l'Eixample pel carrer de la Diputació. El silenci duia una substància estranya però propera, un element tan trivial que fóra ridícul atorgar-li altres funcions que no fossin les materials. Tanmateix, en allò tan familiar, una presència insòlita la burxava. L'observaven. Ella mirà enlaire i topà amb una figura encabida en un amagatall envoltat de balconades. L'urpa i la boca del drac de pedra la feren tremolar i l'obligaren a continuar el camí amb la vista mirant el terra i per una ruta que l'allunyés, momentàniament, de les males bromes de la roca. Els entremaliats modernistes decoraren les façanes del barri amb dracs que simbolitzaven la saviesa, però a ella encara li valia el significat clàssic del mite, i més, quan anant per Casp, aparegué de nou, pla, negre, de metall. El mal. Era el mal... Ignorà aquelles parets hostils i tornà a casa tot guiant-se pels portals i les fonts de les cantonades.

Trobaria el Gerard adormit, segurament, i així podria besar-lo, acariciar-lo, mamussar-li els mugrons, beure el seu alè, fer tot allò que s'havia acostumat a fer en les nits que la solitud l'esclafa...

Quan entrà a la seva habitació, se li acresqué l'esverament davant uns papers fora de lloc i l'absència del tocadiscos. Va caure de genolls, enfellonida, i va colpejar el terra.

El Gerard, panxa amunt, sota una flassada i abraçat a un coixí, fou despertat a sacsejades; redreçà mig cos com si l'haguessin punxat i no relaxà els seus músculs fins que trobà al seu costat l'Elisenda.

—¡Ah, hola! ¡Bon any!

—¿Què hi has fet a la meva habitació? —interrogà ella.

La xicota mossegà la pregunta d'una manera ferotge. El Gerard empal·lidí sobtadament; va témer que la seva ocasional amigueta hagués deixat un rastre.

—Doncs he... he agafat el tocadiscos.

—Ja me n'he adonat. ¿I què més?

—Res més. Volia escoltar música, vés.

—¿No has tocat cap dels meus papers, oi?

—No... Però ara que ho dius, m'he fixat en un llibre tronat que tens a la tauleta...

La mà de l'Elisenda s'enfonsà en els cabells del noi, callant-lo. Ella el travessà amb l'esguard:

—¿L'has llegit, aquest llibre?

Estava rara, pensà el Gerard. ¿Beguda? ¿Emprenyada amb el seu pare una altra vegada?

—No, llevat del títol. ¿Són les memòries d'algun parent teu ja polsegós?

Se li humitejaren les ninetes, i quan el Gerard va intentar atreure-la cap a ell per consolar-la de vés a saber què, ella s'esmunyí del seu contacte amb un xiscle:

—¡No em toquis! I no fiquis les grapes ni en aquell llibre ni en la meva feina. ¿Entesos?

—Però... si ni tan sols l'he fullejat... —es defensà ell, astorat per la inexplicable fúria de la noia.

—¡Ja ho has sentit! ¡No m'aixafaràs això, no, no ho faràs! ¡Et vull lluny de la meva habitació!

A la merda el pacte, a la merda tot; ja no ho suportava. ¡Any nou, vida nova!

—¿Que em vols lluny? —reaccionà el xicot posant els seus crits a l'alçada dels d'ella— ¿Tant t'has aprofitat de la meva beneiteria que has oblidat que això és casa meva?

—¡Prou! ¡S'ha acabat la discussió! —digué l'Elisenda iniciant la retirada.

—¡Ah, vés per on! ¡Ara la senyora no vol discutir! —el Gerard saltà del llit embolicat en un llençol— ¡Doncs jo sí que vull fer-ho! ¡M'has tractat com un gos aquests darrers mesos i encara tens la barra de jugar a l'ofesa! ¡I per culpa de la tesi dels collons, que a primer cop d'ull no m'ha semblat cap meravella, vas i em...!

L'Elisenda el va interrompre, girant-se tot d'una quan era al bell mig del menjador:

—¿Que has llegit el meu treball, dius?

—¡Si el teu treball es allò que hi ha barrejat amb els discos, he llegit el suficient com per avorrir-me!

—¡La mare que et va parir!

—¡La teva, que és boja!

Ella li llençà una sabata rera l'altra i es tancà a la seva cambra; el Gerard, gratant-se la cuixa tocada per una de les sabates, arrossegà el llençol que el tapava fins a la porta de la noia:

—¡Gràcies per fer-me entendre que és una malaltia de família! El teu germà tenia raó, ¿saps? ¡T'hauré de fer un test psicotècnic sempre que tornis de casa dels teus pares!

—¡Et recomano —bramà una veu des de dintre— que quan portis una puta aquí, tinguis la precaució de rentar-la abans no empesti l'aire amb aquest tuf a perfum barat!

El Gerard donà una plantofada a la fusta i anà a la seva habitació remugant renecs. ¡Ni que ell fos un espia! Tornà a enllitar-se, i aleshores rumià, per primer cop, la possibilitat d'una ruptura. El somni, clivellat, no podia continuar; tampoc no ho mereixia.

Poques hores més tard, el dia es féu ferm i els televisors dels veïns connectaren amb Viena. L'Elisenda, asseguda al terra, refredava el seu geni i reconeixia haver aixecat una tempesta que podia espatllar-ho tot. Havia estat injusta amb el Gerard, però l'havia odiat aquells minuts per recuperar forces, per compartir el fàstic que sentia vers ella mateixa i aconseguir així que ell la odiés també... Odi, vet aquí el remei; ja que no podien estimar-se, regirarien sentiments i buscarien poders tan grans com el de l'amor per recordar que entre ells hi havia un lligam. Ara, la de Gerard seria una curiositat malsana, una curiositat bel·ligerant; era una criatura, ella l'havia provocat, i segur que pensava revenjar-se tafanejant allò que no l'importava...

Havia estat una nit molt difícil, perversa... ¿Qui era aquella dona que havia pispat plaers i diners aliens? ¿Havia tornat l'altra, l'autèntica, la que sortí de la casa per l'any vell...?

Notava que no estava sola, que l'aire semblava fer-se dens prop d'ella i que alguna cosa projectava arreu lleus ombres llargues i primes. No el veia, però sospitava que duia a coll un cos aliè enganxat a la seva pell, com una sangonera, que la feia moure's a contracor... Una alenada gèlida l'envolta, la fa tremolar. Mira la finestra. Tancada. Les ombres s'agrupen, agafen forma. Gerard... No, no és ell, no hi és, no hi ha ningú. Visions, només visions. Està creant fantasmagories, està abocant la seva ràbia en el no-res, és clar, però quan vol fer desaparèixer l'ombra no pot bellugar-la de la seva imaginació; s'ha afermat damunt terra, paret i senderi. I aquell fred, aquell fred impossible... No ho vol creure. Pensa en la mare, en les inexorables lleis de l'herència, en la bogeria que potser s'està apoderant d'ella... Alguna cosa llampega intermitentment davant els seus ulls. Sembla una línia d'argent penjada del buit. Cansament, tot plegat; del cansament, al·lucinacions. Es frega la cara, té son... Mira altre cop. Allò tampoc no fuig, es fa persistent, s'eixampla, l'enlluerna. Ho reconeix. Un ganivet. El ganivet. El ganivet que l'ha empaitada des de petita. S'aixeca esporuguida i surt de l'habitació. El sol omple el menjador, i ella, recolzant-se en la porta com si volgués impedir que aquell malson la continués perseguint, endevina que és tard per fer-se enrera. No és bogeria, és un avís de mort, ¿però de la mort de qui?

No pot perdre un segon. Ha de llepar les ferides de tots dos, apaivagar-les, evitar que alguna mala pensada arreli fort dins ell. Va al lavabo a posar el cap sota l'aixeta i seguidament travessa el menjador, penedida, tot cercants mots de pau.

El Gerard no dormia, malgrat tenir els ulls clucs. La destra sota el clatell li era una positura especialment incòmoda per agafar el son.

—Voldria que em comprenguessis...

El noi li clava la vista. Ella és al llindar de la porta, quieta. Adverteix que ha tornat a canviar i es malfia d'aquell posat humil perquè el trasbalsament roman a sota molt mal amagat, però, tot i això, l'ocasió per a una demostració de força és ben clara.

—No vas a la facultat —diu ell amb esquerperia—, m'ignores, avui m'insultes... ¿Què he de comprendre?

No pot sofrir veure'l allà, al llit, i no poder atansar-s'hi. Va repartint esguards per tots els racons per tal de no enfrontar-se a la temptació.

—Ara, res, és veritat, però si m'estimes de debò puc assegurar-te que... que... Ho lamento, t'hauràs d'esperar. Pensaràs que em falta un bull, però estic intentant... No sé... ¿Canviar un destí? —el Gerard arrufà el nas encara més—Sí, sona fatal, estrany, com vulguis dir-li, ¡però no em demanis explicacions perquè tampoc no sabria donar-te-les! M'he portat malament amb tu, tens raó per estar empipat, sí, però ara com ara ens cal paciència, molta paciència, i potser d'aquí a unes setmanes, d'aquí a un mes o dos...

—¡Elisenda! —Un fremiment. Ni ell mateix creia haver estat capaç d'interrompre-la— ¿Què significa aquest treball?

¿Què pretens amb ell? ¿Per què parla de drogues i de verins?

Aleshores, ella copsa l'home per damunt del nen. Aquell era el Gerard adult, i contra aquest la lluita seria desigual. Avança, agafa el tocadiscos, gira cua i marxa corrents a la seva habitació. El Gerard, garratibat momentàniament per la sorpresa, s'alça del llit i l'empaita mentre la marxa Radetzky desfila pels televisors. Ella es refugia rera una portada, i ell, a punt d'entrar tot seguit, sent vells escrúpols i prefereix fer un repic per evitar ser impertinent.

—Elisenda... Elisenda, va, surt... Segur que entendré allò que vulguis dir-me...

Sent un soroll desagradable, com un xeric greu, acompanyat d'un plor. El Gerard oblida les cerimònies i vol entrar, però troba el pas barrat. L'Elisenda ha fet córrer el seu llit cap a la porta i s'ha tombat damunt.

—Elisenda... —empentà una mica i se n'adonà de l'obstacle— ¡Elisenda! —començà a colpejar la porta— ¡Elisenda, cony, obre! ¡Obre!

—¡Res de preguntes que no vulguem contestar! —xisclà ella entre sanglots.

—¡Oh, engega-ho a la merda, això! —s'agenollà sobtadament afeblit— ¡Quan t'ho vaig dir tenia por de dependre massa de tu, res més! M'espantava que un se sentís inferior a l'altre, perquè... perquè llavors no és amor el que hi ha, és... és... una altra cosa. ¿M'escoltes? ¿M'escoltes? —tornà a picar amb la mà oberta.

Ella només plorava.

—He dut una dona aquí aquesta nit, sí, ho has encertat...

—¡Juny! —va exclamar l'Elisenda— ¡A juny, abans de juny tot ha d'haver acabat!

—¿Juny? ¿Juny? —repetí el Gerard aixecant-se com si l'haguessin punxat i sense saber si enfurismar-se o trencar-se el cap contra una paret— ¡Obre! ¡Obre, obre d'una puta vegada! —va llençar el seu cos nu cap a la porta sense aconseguir cap resultat.

—¡Gerard, prou, vés-te'n, m'hi jugo massa en això! —pregava ella gairebé histèrica.

—¿Què t'hi jugues? —preguntava ell amb el rostre esbarrellat i enganxat a la fusta— ¿Fama, glòria, honors? ¿És això el que t'importa? Jo t'estimo tal com... ¡T'estimava tal com eres! ¡Deixa'm ajudar-te!

—¡No, vés-te'n! És el nostre futur, som nosaltres...

I aleshores ella va tallar el contacte substituint la seva veu per la de Paul McCartney:

When I get older losing my hair,
many years from now.
Will you still be sending me a Valentine
birthday greetings botlle of wine.
If I'd been out till quarter to three
would you lock the door,
will you still need me, will you still feed me,
when I'm sixty-four.

El Gerard va escopir a la porta, va rumiar que existien altres dones i es retirà a la seva habitació tot cridant: «¡Ets una grillada, una maleïda boja!». Cap dels dos sortiria dels seus respectius amagatalls durant la resta del dia.

El dilluns dos de gener, tot intentant altre cop de treure l'entrellat d'una manera més pacífica, el noi ensopegà amb un pany nou de trinca a la porta de l'Elisenda, un pany secundat de forrellat que protegiria l'acord entre els dos en absència d'ella.

Durant dos mesos va menjar amb normalitat. Ho va fer fins que va tenir prou diners. En l'endemig, els va veure de tots els colors: s'ho va muntar amb amos d'empreses totpoderoses que li juraren aconseguir-li una plaça de secretària a l'oficina d'algun amic; amb musculosos impresentables que confonien l'acte sexual amb la càrrega de la brigada lleugera; amb pseudo-intel·lectuals que patien la síndrome de les velles repressions, i que miraven de ressuscitar els plaers de la clandestinitat duent-la al cinema per palpar-la a gust; amb individus tecnificats que, abans de fer res, escalfaven els dits matant marcians a l'ordinador personal; amb quadragenaris patètics que no s'acabaven de creure que una xicota espaterrant els demanés certs favors; amb lletjos solitaris als quals confortava assabentant-los de la infinita lletjor de molts marits; amb jovenets fatxendes que només eren llargs de calés i de llengua; amb atrafegats que no perdien temps xerrant i que la grapejaven d'entrada...

Només un cop va ocultar el seu joc: quan va despullar un al·lot menut de cabells lleonats i encara verge als seus gairebé vint-i-un anys. Aquella imatge va terroritzar-la, però no negà al noi l'experiència dels primers petons i carícies. No arribaren molt més lluny. Ella el despatxà sense esmentarli que l'estona que havien compartit costava diners.

Mentrestant, continuava forçant la memòria. Tot i que allò que estava recaptant estava destinat a una cosa molt concreta, va intentar evitar arribar a aquell extrem aplicant el procediment que ella considerava natural, el que no requeria la intervenció de cap substància aliena prou capaç d'alterarli el propi ésser. La imminència dels fets pels quals es disposava a passar, la feren caure en la ingenuïtat i en el convenciment que, potser, la solució era més senzilla i menys arriscada del que havia imaginat. Així doncs, era menester lliurar-se exclusivament a la música, la qual havia de ser escoltada seguint una cronologia ascendent i combinada amb alguna droga tova, per exemple, algun estimulant corrent i inofensiu. Si allò donava resultat seria un miracle, ho reconeixia, però en cas contrari no resultaria cap fracàs, perquè hauria començat a avesar el seu organisme a la ingestió d'aquells productes i això l'havia d'enfortir de cara a d'altres més forts i perillosos. Va envoltar les primeres audicions —Beatles, Elvis, Beach boys, Jerry Lee Lewis, Guardiola, Sirex, Bill Haley— amb el fum dels porros, i va posar unes vint vegades *Great ball of fire* sense obtenir altra cosa que un mal de cap prou agut com per fer-li recordar algunes anècdotes que en el seu temps semblaven intranscendents, però que ara li revelaven la naturalesa monstruosa de la seva família. Ella havia de ser molt petita, perquè el Jaume apareixia a la seva ment amb només uns dotze anys, si fa no fa. El veia robar monedes de les butxaques dels pantalons del pare mentre aquest es dutxava, el veia bufetejat per la mare pel sol fet de quedar-se-la mirant massa estona, el veia ficar rates a la cuina per venjar-se i fumant d'amagatotis sota el seu llit. «¡Fot el camp!», li engegava sempre que la trobava observant-lo. I ella obeïa. ¿I el Guillem? ¿Què fa el Guillem damunt un tamboret i guarnit amb aquell vestit llarg i negre, com de vídua? ¿Què fa la mare fent voltes, tibant la falda ara amunt, ara avall, posant agulles i escridassant el noi per fer-lo estar quiet? El Guillem plora, potser perquè alguna agulla l'ha punxat, potser perquè no suporta fer aquella fila. Sigui dolor o humiliació, la Llúcia ignora aquell sentiment i va transvestint el seu fill; quan la roba no duu serrells, té voravius brodats, quan no és estampada o de xeviot... La mare descobreix l'espieta, li tanca la porta al nas i la imatge es fon. Ara, sorgeix el pare. Estan ballant *When I'm sixty-four*. ¿Per què ho fan? ¿Per què s'amaguen per fer-ho? ¿Per fer-li entendre mots com pare, mare, germans, família? Només sabia que era feliç quan aquell gegant d'ulls tristos, després de guaitar a dreta i a esquerra, l'agafava per la cintura i la pujava per damunt del seu cap...

Però amb Glenn Miller, Sinatra, la cançó folklòrica espanyola, la música de banda i el pas-doble, va haver de variar el sistema. Ultrapassava els límits de la seva pròpia existència, i el somni de no exposar-se a drogues més dures va esvair-se. Va escoltar xarleston sota els efectes de la bencedrina. Turina, Falla, Vives, Chapí, Arrieta, Massana, Toldrà, Morera i Sarasate van ser acompanyats amb marihuana. Es negava a ella mateixa i a les seves teories emprant tot allò. I ara ja era segur que si volia enfilar-se a l'alçada de Sor i Arriaga, hauria de fer aquella compra que els homes li pagarien.

El curiós del cas és que algunes visions provocades per aquells agents semblaven repetir-se hores després, quan era del tot impossible que els efectes de les drogues persistissin. Objectes que tremolaven, rellotges que corrien a l'inrevés i la creixent sensació de sentir-se vigilada per uns rostres escampats per l'aire, rostres inexpressius i com dibuixats amb un traç fluix de llapis. Però no donava importància a res de tot allò, pensava que el seu metabolisme es ressentia de l'esforç i que calia donar temps al temps per recobrar tota la normalitat.

¿I els homes? Picà de tots, d'uns més que d'altres, fent-se la nouvinguda a la ciutat, la noia disposada a reincidir en l'experiència pel mateix preu (assequible), o l'afamada que es ven per poder menjar de calent. L'últim recurs era esgotar-los o estabornir-los. Fos com fos, sempre tregué calés, llargs o curts, i evitava sovintejar les discoteques i els pubs on havia estat esquer per a seductors. Una precaució que li estalvià coincidir amb antics clients.

La relació amb el Gerard, més que freda, s'havia fet estranya. Ell semblava decidit a consumir-li la paciència preguntant-li rutinàriament a les hores de dinar i de sopar, únics moments que compartien del dia, com anava la feina. Li ho preguntava amb indolència, com si aquella situació l'avorrís pel poc interessant que resultava. A l'Elisenda això la confonia, perquè d'una banda aquesta desgana del Gerard la tranquil·litzava de cara a no haver de controlar-li les intencions, però d'una altra notava que l'estava perdent irremeiablement. Ja no hi havia ni el consol de l'odi. Tot era indiferència, voluntat de desconèixer, el no-res. I aquells cabells que no eren de cap dels dos, cabells enganxats a la roba d'ell que de vegades ella advertia, ¿no eren, potser, la prova de l'esberlament del seu idil·li?

Al final de febrer tingué la bossa ben plena. Un matí, quan el Gerard se n'anà a l'institut, l'Elisenda determinà fer aquell tomb que havia ajornat perquè la compra era cara. Baixà per les Rambles com una fletxa i s'internà pels carrerons adjacents. Trobà un indi entre la fortor dels pixats i la multitud d'ànimes escarbotades, un indi sud-americà que va dur-la prop de la Plaça Reial, que desaparegué emparat pels porxos i que tornà als cinc minuts amb la mercaderia.

Carregada amb dues plantes enfiladisses («en test, m'ho afigurava»), l'Elisenda tirà amunt, cap a la plaça de Catalunya, i no es fixà en aquelles que havien estat, sense saber-ho, ocasionals companyes seves, ni en els negres vinguts de Fernando Poo, ni en les pintades que deien: «No volem anar a la mili». No hauria fet els guanys necessaris si s'hagués dedicat a netejar parabrises o a vendre baietes als conductors en els semàfors.

Ara que ja no havia de tornar-ho a fer, es va sentir bruta per dintre.

«¡Si fos escultor, faria una estàtua al Claude! ¡M'ha aconseguit una feina meravellosa! Els organitzadors de les festes commemoratives del bicentenari de la Revolució Francesa m'han encarregat pintar una il·lusió òptica, el que s'anomena un *trompe-l'oeil.* És una tècnica que consisteix a enganyar l'espectador fent-li veure un espai tridimensional allà on només hi ha una paret dibuixada amb un realisme absolut. Vas a entrar en aquella casa o a fer drecera per aquell parc i et trobes que la porta d'una mai no s'obrirà, i que les flors de l'altre fan olor a ciment. El miratge que he de crear és una gran llotja que cobrirà un mur que separa, precisament, altres llotges, en un lloc on hi ha previst muntar un castell de focs d'artifici. La meva obra unirà les llotges autèntiques, però tindrà la particularitat d'estar ocupada per personatges de primera fila de la història mundial d'aquests darrers dos-cents anys, convidats d'excepció. Ja ho veus: sortim d'una festa, la del seixanta-vuit, i ens fiquem en una altra, la del vuitanta-nou del mil set-cents.

»Sembla que m'ha arribat l'hora de la sort. ¿No t'agradaria venir (amb el teu Gerard, és clar) aquí, amb mi? Pensa que, amb Nova York i Buenos Aires, París forma la troica de ciutats on regnen els psicoanalistes. Tu em podràs dir que a Barcelona hi ha el seny, i jo et contestaré que el seny ha matat més gent que no el tabac. I encara que el seny es vesteixi de progre, continuarà sent l'enemic d'aquells que no s'hi conformen. No sabeu encisar fent comèdia. Segons tinc entès, aquest darrer any s'han abreujat les festes de la Mercè, s'ha suprimit la gran rua del carnestoltes i molts cinemes i teatres han tancat, perquè la gent és feliç veient pel·lícules en el vídeo. París serà incòmoda i inhabitable, tindrà més rates que persones i estarà edificada sobre pantans i pous secs, però es impossible no divertir-se en una metròpoli que ofereix un centenar d'espectacles diaris i tot el que puguis imaginar.

»Suposo que si queden rastres del colossal *poltergeist* que fou Barcelona sabré veure'ls quan vingui a visitar-vos, a tu i al teu Gerard, perquè ja t'anuncio que haureu de suportar-me pels volts del meu aniversari, que serà, d'acord amb el calendari revolucionari, durant el mes de messidor. Ens ha pegat fort, això de la revolució. El Claude, a carnestoltes, es disfressà de *sans-culotte* per esglaiar una de les seves duquesses, una mica garrepa amb ell últimament...»

Hora d'estudi. Ho havia decretat només arribar. Va confessar que no tenia ganes de turmentar-los amb les seves explicacions i que podien fer altres coses; ara bé, absolut silenci o hauria d'engegar la història de l'imperi assolellat. Els nois acceptaren les condicions encantats, i mentre uns estudiaven les subordinades o les lleis de Gay-Lussac, altres jugaven a enfonsar cuirassats i submarins xiuxiuejant xifres i lletres, i alguns s'exercitaven en l'art de la caricatura.

El Gerard estava fastiguejat de tot. Mantenia una elemental parquedat allà, a la feina, però hi havia dies que l'aclaparament era més fort. Temia fer-se ensopit o malcarat, i optava per donar-se la llibertat tot donant-la als seus alumnes. Tot i així, el silenci que imposava li feia més mal que no pas bé, ja que no sabia què fer i fingia remenar papers per tal de no demostrar davant els nanos que el que li passava era quelcom semblant a la droperia, si és que no ho era. Provava de no pensar. Però pensava. El silenci l'obligava. I la sort era que l'institut estava envoltat d'edificis que no consentien la rotunditat d'aquell mutisme i l'alliberaven de capficar-se.

Aquell matí no va haver d'esperar gaire la salvació. Algú va posar una ràdio a una finestra propera:

«... *voy buscando un lugar perdido...*»

Sospirà amargat. Aquella era una de les cançons que l'Elisenda amartellava cada dos per tres en el tocadiscos. Va girar la cara cap als nois i va topar amb els ulls d'una xicota que se'l mirava fredament.

«... *donde pueda olvidar...*»

No la coneixia gaire, aquella nena, com tampoc no coneixia gaire la resta dels seus alumnes. Aquesta era tímida, callada, de les que van a la seva i no molesten. Amb aquests trets arribaria a ser la típica esposa traumatitzada, segur, la que renega de tothom mentre discuteix amb el veïnat, la que crida com una peixetera al mercat... Però ¿per què el mirava així? D'acord, alguns s'avorrien, però això de passar l'estona guaitant el mestre...

«... *es más fácil encontrar rosas en el mar...*»

Va començar a sentir-se incòmode. ¡Aquells ulls eren tan inquisitius i alhora tan buits! ¿L'estava menyspreant, potser? ¿Malpensava d'ell, se'n reia? Vol ignorar-la, concentrar-se en altres punts, però la seva resistència es intermitent i no pot evitar retrobar aquelles fredes ninetes a cada tants segons.

«... *una niña que pregunta...,*»

¡Merda, és com un mirall! Són els ulls d'ell mateix, ulls antagònics als de l'Elisenda, tan vius i tan plens malgrat les circumstàncies. L'estan despullant i li estan mostrant la certesa d'una sospita, l'estimball que amaga dins seu, l'estimball reblert de ressons, però mancat de substàncies.

«... *el perdón de los pecados...,*»

Ell l'havia traïda. Passatger, tot plegat, és clar, i tanmateix delitós. L'havien fruït i l'havien llençat, i no li importava gens. Igual que una meuca generosa que només admet el plaer com a salari.

«... *una llama que se apaga,*
una vida que se acaba...,»

Trenca l'encanteri fent una plantofada a la taula. Els nois alcen la vista corpresos.

—¡Se suposava que us deixava aquesta hora per estudiar, no per jugar! —va dir tot embarbussant-se— Doncs bé, tornem a on érem: Felip III, el Duc de Lerma i la qüestió dels moriscos; vejam...

A quatre aules diferents va intentar aïllar-se, i a totes quatre va haver de tallar l'ordre de quietud perquè sempre hi havia algú o alguna cosa que el destarotava i li fregava pels morros aquell sentiment d'impotència, d'immaduresa. Era tan fràgil com els alumnes acostumats a obeir per pur pànic, amb la diferència que rera la taula del professor seia l'Elisenda.

Arribaria a casa passades les nou del vespre, després d'haver fet una copa amb altres mestres joves de l'institut. Un bon licor solia engrescar-lo i fer-li oblidar el rellotge, a pesar de negar-li el valor per simular.

¿I aquell silenci? Més silenci, encara... ¿Podia ser que l'Elisenda no estigués escoltant els discos de música primitiva? Sabia que era inútil intentar-ho, però, tot i així, com sempre, anà a la cambra d'ella per mirar d'esbrinar alguna cosa. I com sempre, el forrellat no li va permetre avançar. ¿S'hauria adormit? Tustà la porta... Res. No hi devia ser. Com sempre, ho va deixar córrer i va continuar el seu camí barrinant el pitjor per uns instants. Podia ser allà dins malgrat no haver escoltat els seus trucs, podia ser-hi, sí, però malalta, ferida, morta... Va tornar a la realitat quan s'adonà que cercava un pretext per ensorrar la porta i omplir-se els ulls d'allò que l'Elisenda li negava.

Quan obrí el llum de la seva habitació, l'Elisenda jeia nua al llit.

Tenia una expressió tràgica i àvida alhora. El Gerard la mirà força estona, mut, assimilant aquell sobtat retrobament amb els signes que ella emprava per fer palès el seu deler. La seva pròpia veu li va sonar rara en preguntar-li:

—¿Què hi fas, aquí?

—¿Què hi penses que vull fer?

Unes mans arrabassaren el Gerard pel cinyell. Les seves sangs s'encengueren. Begueren els sexes i cavalcaren somnis fets carn... Però res va ser com en anteriors ocasions. A ell li rondava pel cap l'etern «¿per què?», i això ja ho canviava tot.

—Ja queden pocs mesos... Estic salvant allò que m'ajuda a estimar-te... —digué ella en acabat.

I marxà a la seva habitació sense esperar cap reacció del Gerard. El tocadiscos començà a funcionar —les sonates d'Antonio Soler— i l'Elisenda va somriure, contenta de saber que el seu cos maltractat i fruït per éssers aliens no s'havia tornat insensible a la potència d'un afecte sincer. S'havia tret un pes de sobre.

Les enfiladisses havien pujat un pam pel cap baix. Aquells foradets que esquitxaven trossos de la porta i del marc, enfosquint els contorns del forrellat, també s'havien fet més grossos.

Mentre descansava de l'amor, una ampolleta de perfum buida, molt decorativa, va caure del prestatge on es trobava i es va fer miques contra el terra. Una sobtada esgarrifança va dominar l'Elisenda. Res no havia empentat l'ampolleta; havia saltat sola, com un suïcida, podia jurar-ho.

Els progressos del corc

Després d'aquella nit, la vida en el pis va tornar a la tensa rutina dels darrers mesos.

Al Gerard li augmentaren els maldecaps perquè havia de fer-se càrrec de les tasques de la casa que no li pertocaven, tasques que, alguna vegada, quan ell era a l'institut, li alleugerava l'Elisenda, si és que aquesta sortia de la seva habitació. Ella aprofitava els horaris feiners d'ell per caminar tranquil·la per la casa i meditar en veu alta el següent pas a donar. O per comprar estris que li calien, com una fogona portàtil i una cassoleta.

Un punt de polèmica fou el menjar. El Gerard, que amb prou feines veia diariament l'Elisenda, i mai en hores d'endrapar alguna cosa, no sabia si la noia s'alimentava o no. Ella deia que sí, que ho feia quan ell se n'anava a treballar i que després netejava el got i el plat, però com el Gerard es malfiava va proposar-li, per calmar-lo, que fos ell qui li preparés el menjar i l'hi deixés arran de la porta. Hi hagué un estira i arronsa perquè aquella solució no agradava al xicot. ¿Ja ni tan sols podien dinar i sopar junts? ¿Que feia pudor ell, potser? Una llàgrima i un «si us plau» d'una Elisenda cada cop més excitable el feren claudicar de mal grat.

Quan ell era a casa, l'Elisenda intentava sortir el menys possible de la seva cambra, i quan ho feia, era per anar de puntetes fins al lavabo o per omplir d'aigua la cassoleta. En qualsevol dels casos, sempre deixava ben closa la seva porta, que ja no alertava ningú des que l'oli li llepà les frontisses.

El Gerard s'havia resignat a esperar. Ella havia fixat un termini, juny, i si el joc es basava en aquesta regla l'acompliria. Per tant, la resta de coses passava a un camp secundari.

Tot valia, ja que no hi havia més lleis. Per això, no es va sorprendre davant aquella mena de carter que duia un paquet pla i quadrat per a l'Elisenda, no va dubtar a mentir quan afirmà que ella no hi era, a casa, però que ell es faria càrrec d'allò, i tampoc no va sentir cap aprensió tot obrint el paquet i descobrint un recull de peces de Domènec Terradellas —poc va viure, aquest; entre 1713 i 1751, segons la contraportada—, i una òpera del 1697, *La guerra de los gigantes*, de Sebastián Durón. Discs vinguts d'Itàlia. L'Elisenda no va fer-li cap retret per haver violat la seva correspondència.

Una nit, quan el Gerard es disposava a tancar la bossa de les escombraries per baixar-la al carrer, va trobar damunt les pellucalles dels darrers àpats una capseta de cartró. Era l'envoltori d'un flascó de barbitúrics.

La *bannisteria caapi*, anomenada *yage* pels indis, a l'inrevés de les drogues que orienten les impressions sensitives envers l'exterior, aboca la seva força a l'interior de la ment. Alhora, és una planta enfiladissa de ràpid creixement i un al·lucinogen potentíssim que atabala profundament els sentits. El seu poder rau en l'escorça del tronc acabat de tallar, no en les fulles. Cal gairebé un metre d'enfiladissa, dividida en cinc parts i prèviament matxucada i cuita durant més de dues hores, per tal que la droga demostri tot el seu poder dins l'organisme. Una sobredosi pot ser mortal, però qualsevol sedant anticonvulsiu és eficaç per a frenar-la.

Els jívaros prenen *yage* per endevinar el futur, resoldre crims, guarir malalties, fer troballes i, el que considero capital, contactar amb els esperits dels seus avantpassats. ¿Seria possible recuperar, de la mateixa manera, la memòria hereditària?

Això últim ens endinsa en una vessant nova: ¿hi ha relació entre la ingestió de drogues i la capacitat paranormal? ¿És possible que certes substàncies, com per exemple la mescalina, provoquin percepcions extrasensorials? De ser així, ¿quins perills hi ha si els experiments a realitzar sota els seus efectes no es poden controlar? Jo, a més a més, utilitzo un element auxiliar, la música, que, evidentment, estimula el parapsiquisme, canvia l'estat de la consciència i condueix al trànsit.

Tot plegat, afecta el cicle de son i vigília, que s'altera, i afecta també, no cal dir-ho, l'equilibri de les constants vitals, les quals minvaran més tard o més d'hora segons les característiques físiques i el metabolisme individual de cadascú...

Cada dia trigava més a arribar a casa perquè s'havia acostumat a romancejar estones llargues en el primer bar que trobava. Preferia badar davant d'una cervesa que afanyar-se a la cuina del pis fent un tiberi que l'Elisenda no sabia apreciar... Ell li deixava el plat a terra, prop de la porta, l'anunciava amb uns copets i tornava a la cuina a cruspir-se la seva obra. Un telenotícies, una pel·lícula i tres dotzenes de missatges publicitaris s'invertien en recobrar, invariablement, mig tec o tres quartes parts del mateix. El Gerard, disgustat, li preguntava:

—¿Què? ¿Era bo?

I ella, veu emmandrida, excitada, despectiva o ronca, contestava a través de la porta i d'un aroma d'herbes bullides:

—Boníssim.

Se sentia com un pallasso.

Aquella nit, els fanals del seu carrer no funcionaven. Tot era fosc, però el seu clauer volà contra el pany sense problemes i el vestíbul de l'edifici, negre i ple d'aire calent, fou travessat amb molta sorneria. Arrossegant els peus, el Gerard inicià l'escalada.

D'improvís, quan arribà a l'alçada del finestral que donava al pati interior, un llum diürn ho il·luminà tot en una fracció de segon per desaparèixer immediatament després, i en un espai de temps igual de curt, el llum tornà i desaparegué una altra vegada. El Gerard s'apropà al vidre i mirà cap al cel mentre aquella resplendor gegantina anava i venia veloç... Un dels dos, el món o ell, havia embogit: els núvols planaven sobre un fons que alternava el blau, el blanc, el gris i el negre; ¡era com si la lluna i el sol corressin sense fi al voltant de la terra! Deixà caure la vista i veié, en els moments fugaços de besllum, com se succeïen una sèrie d'imatges que havien substituït els mals endreços del pati: fonts d'aigua, jardins amb llimoners i merles, muricecs i balls, galliners, safarejos i comunions; després, terra, sorra, fang, i les cases del seu davant que s'esfumaven i destapaven un bosc... Cridà esfereït i rodà pels pocs esglaons que havia pujat. S'embalà cap al portal del carrer, on la nit continuava, i una figura menuda i amb bastó que havia acabat d'entrar l'obligà a topar contra la paret amb l'espatlla, abans no es produís un xoc frontal. Quedà de genolls davant la veïna, amb la por retratada al rostre:

—Però, fill meu..., ¿què tens? —interrogà la veïna, que només l'havia sentit desplomar-se.

—¿Ho ha vist? —preguntà al seu torn el Gerard, incorporant-se malmès— ¿Els ha vistos, aquests llums?

—¿Llums? ¡Ah, vols dir els llamps! ¡Sí, i tant que els he vistos!... Però no crec que plogui.

—¿Llamps? ¿Llamps? ¡No n'eren pas, de llamps! Era... Era com... ¡No ho sé, no ho sé! —i es va prémer el cap desesperat.

—¡Au, Gerard!, ¿un xicotàs com tu s'espanta així d'uns llamps?

—¡Trons!... ¿I els trons? ¡Jo no he sentit res!

—Poden haver caigut molt lluny d'aquí...

La dona, bonhomiosa, se'l mirà i denegà amb el cap.

—Gerard, m'està arribant una oloreta a cervesa que...

—Bé, potser... —merda, sí, havia begut, però ell de beure, en sabia— potser m'he precipitat i he cregut veure el que no hi havia...

—Ai, ai, ai... No et prova això de tenir la xicota prop

—va dir la veïna fent broma—. Per cert, digues-li que no posi la música tan forta; ah!, i felicita-la de part meva pel seu bon gust. És ben estrany que algú tan jove gaudeixi amb *Marina* i *La generala*.

—Sí, és curiós...

—¿I què has cregut veure abans, Gerard?

El noi pujà l'escala per segon cop, seguit per la dona. Féu una ullada pel finestral i reconegué les ombres dels vells embalums de sempre.

—No gran cosa, senyora... Fantasmes.

Sabia que era viva perquè bellugava els ulls. Mai la contemplació d'un vulgar sostre li va provocar tanta alegria, malgrat no poder riure. Tot li feia mal, no podia aixecar-se. Els braços i les cames eren de plom, i la resta del cos semblava no existir, no tocar ni tan sols el terra. El que també existia, tot i ser impossible, eren formacions boiroses que passejaven damunt el fons brut i trencat d'aquell sostre. Algunes li resultaven conegudes, familiars; tenien rostres com enfarinats i alhora mig cremats, però no li feien pas por. Nota un vent fred que li espavila els membres lentament i escolta la caiguda de quelcom metàl·lic. Els seus dits recobren la consciència en ser tocats per un rierol que se li fica per dins la màniga. Acaba de girar el cap quan els fulls de la tesi comencen a volar, un a un, impulsats per aquella broixina, i abandonen la taula i el llit per posar-se amb suavitat sobre part d'ella mateixa, de la cassoleta que no se sap com ha pogut caure, de la pols, de la resta del beuratge que ha pres i que ara la mulla... Albira el flascó de veronal lluny d'ella. Ha rodat fins a topar amb la pota de l'armari, i les píndoles han anat sortint i construint un tortuós camí sobre les lleixes. No recorda haver-se'n empassat cap; nogensmenys, altres coses li han omplit el cervell al ritme que marcaven aquelles terribles convulsions. Es palpa el pit i l'estómac; tot és al seu lloc. Res no li ha xuclat els pulmons, el cor o els budells, com li havia semblat abans, quan la seva carcassa amenaçava amb petar... Pensa en el disc. Devia fer força estona que estava quiet. Va incorporant-se. Descansa sobre un colze i, instintivament, engoleix una píndola de veronal. S'apressa, busca on agafar-se, queda de genolls i recull alguns papers. Troba el punt a partir del qual ha de reprendre la paraula. Encara mig marejada, alça la cadira tombada i es planta davant la taula. Obre els ulls al màxim, riu amb la mirada, escriu:

¡Crec haver obert el camí cap a la hipermnèsia, cap a la capacitat recordàtoria superdesenvolupada! ¡D'aquí a trobar la criptomnèsia, la memòria amagada, la de l'inconscient, on es troben els continguts que mai no han estat conscients, només deu haver-hi una passa!

Després de prendre la primera dosi de *yage*, ben mesurada, tot el que havia viscut tornà a la meva ment com una onada. ¡I més encara! Semblarà increïble, però puc jurar que he anat una mica més enllà del meu propi naixement: ultrapassada una massa de visions anguníoses d'un color roig roent, que he identificat com els meus records pre-natals, he penetrat en una zona de la qual no m'ha quedat cap vestigi en regressar al món conscient. Tot això demostra que la droga és l'adequada i que la quantitat a utilitzar ha de ser major si volem triomfar. Sé que el risc és gran; l'experiència inicial m'ha deixat baldada i, fins i tot, penso que se m'ha escapat de les mans per uns instants, perquè he notat que la força del retrocés era tan forta que ha sortit del meu cos i s'ha escampat per l'atmosfera en els precisos segons en què he fregat la barrera que separa el meu naixement de tot el que hi ha abans. Potser, hagi estat una al·lucinació provocada pel meu cervell sensibilitzat, que ha projectat a l'exterior el que encara no he vist a l'interior, circumstància que em recorda la meva teoria dels hologrames. Si el meu pensament és encertat, l'augment de la dosi de *yage* pot produir dos efectes contraposats: o dispersa la retroactivitat temporal per l'espai o la concentra.

Ho esbrinaré en propers experiments, i tant de bo que la segona opció sigui la que s'executi.

Com a curiositat, he d'esmentar el fenomen anomenat alotriogeusia, consistent en una al·lucinació que confon el sentit del gust: alguns dels sabors que tipificaren la meva infantesa (llaminadures, gomes i coses per l'estil), desapareguts quan m'arribà l'adolescència, retornaren a mi mentre els records dels meus pocs anys es feien vius a una velocitat vertiginosa —perquè el conjunt dels records és com una cinta magnetofònica que, quan es rebobina, va cap al seu principi ben ràpidament—, deixantme un regust que em féu dubtar, durant uns minuts, de la meva edat.

En conclusió, la pantomnèsia, terme proposat pel fisiòleg i premi Nobel Charles Richet per explicar que tot el que es percep queda retingut conscientment o inconscientment en la memòria (o sigui, no s'esvaeix res del passat mental), no és cap fantasia. El següent es confirmar la criptomnèsia, i amb aquesta, el concepte de mneme, el qual ve a significar que certes impressions produeixen canvis permanents en els nervis que entren a formar part del cabal hereditari. Aleshores, serà possible assolir l'objectiu: visualitzar que va ocórrer...

El llibre la cridava. ¿Què va ocórrer, Christóbal Ferràndiz? L'agafa, repassa aquell fragment fonamental. S'atura a cada lletra, intenta endevinar el tarannà de la mà que va escriure allò per poder engiponar una resposta amb certa garantia:

«No los faria cap bé ni los seria útil a los Ferràndiz venidors saber què digué Emília en aquella hora, perquè sé que la voluntat de Déu torçarà prest o tard los designis del diable, los quals s'anunciaren poch després per boca de ma neboda. Legar la memòria de tan infamant pecat signifficaria la mort per oprobi del nostro llinatge.»

Les defenses del secret estaven a punt d'ensorrar-se, n'estava convençuda, ¿però a quin preu? ¿No havia començat a pagar-lo ja?

La mort és fàcil. El difícil és la comèdia. Més enllà d'això, no gosava suposar millors averanys.

Només sabia que els humans utilitzen amb prou feines un vint per cent de la capacitat dels seus cervells.

Només tenia present l'aprenent de bruixot.

El corc s'havia encapritxat de la porta de l'habitació de l'Elisenda i de la fusta centenària del llit de Gerard. La resta de la casa, estranyament, fou respectada.

En conseqüència, el Gerard dormia malament; temia bellugar-se amb massa brusquedat i ensorrar el jaç. Per acabar-ho d'adobar, si desplaçava un braç o una cama quan gairebé havia arrencat la dormida, feia cridar el metall del somier. Això últim no ho entenia perquè hi havia moments de gran silenci en els quals el llit vibrava lleument, com si algú amagat sota aquest el fes moure, i no deixava escapar un grinyol; però de vegades sí que escoltà uns sons que tenien l'aire de gemecs o de sospirs humans, no metàl·lics. En un parell d'ocasions, quan la primavera ja era ferma i ja no li calia la flassada de nit, tingué la sensació de ser a la vora d'un focus de calor que el feia suar i que, fins i tot, aprimava el matalàs enfonsant-lo d'una banda. Ell ho atribuïa tot a l'angoixa.

Sortosament, l'Elisenda («Sí, m'estic una estona més aixecada.») no posava les músiques ni feia gaire soroll a aquelles hores.

¿No? ¡Quina manera de caminar! Les trepitjades que venien del passadís, enèrgiques, semblaven marcades per botes clavetejades. ¿Calia tant d'escàndol per anar al lavabo, nena?... Es llevà enmig de grunys, els seus i els del llit, i sortí a veure la darrera extravagància de l'Elisenda... La veuria a ella, almenys. ¡Calçar-se amb ferralla, quins pebrots!

Trucà a la porta del lavabo:

—¿Elisenda, que potser tens fred als peus?... ¿Elisenda, m'escoltes?

Molt a poc a poc, obrí. Fosc. Buit. ¡Òndia, aquesta sí que era bona! Continuà passadís avall i tregué el nas al menjador: la nit entrant pels balcons, el telèfon, la taula plegable, el televisor... Després d'un parpelleig, sorgiren del no-res, en un racó, dues petites ombres abillades amb teixits blanquinosos que jugaven a terra amb un gos pataner, mentre un home barbut, vestit com un genet del mil vuit-cents i escaig, amb mocador al coll, armilla i botes de muntar, mirava absort per un finestral. El Gerard ja anava a xisclar quan l'escena va fondre's en un aclucar d'ulls. Anà fins allà i féu cops i puntades de peu a les tenebres esbufegant mots coixos.

Passada mitja hora, l'Elisenda, trontollant, sense color, tan afeblida que a penes podia aguantar-se dreta, abandonava la seva cambra cercant un descans fora d'un ambient dens i xafogós. El trobà arrupit, ploriquejant, tremolós; el féu parlar i escoltà una història viscuda entre dos pestanyejos que no semblà sorprendre-la gaire. El va dur al llit sense fer cas de l'opinió que, en aquell moment, tenia ell de la seva pròpia salut mental («Nervis, això són nervis o quelcom de menjar que no t'ha provat bé.»), i dormiren junts, rebentats cadascun a la seva manera.

L'endemà, quan el Gerard despertà, l'Elisenda ja era a la seva habitació plena de música.

Els successius augments de la dosi m'han proporcionat, a la fi, un nou èxit: concentrar en un espai delimitat —casa meva— l'activitat retroactiva del temps. Però també han provocat uns fets que poden ser perillosos perquè no sé controlar-los: parlo de la materialització física de continguts psicològics. Aquesta materialització és palesa amb aparicions de caire espectral, de cossos sideris que, segons

Paracels, són dobles dels homes, de fina substància, capaços de sobreviure a la mort. Sé que tot això pertany a l'especulació, però la persona que ho ha patit (no m'ha ocorregut a mi) em mereix tota confiança. Sembla ser, ara que la barrera amb la memòria hereditària és trencada, que algun record se m'escapoleix, involuntàriament, i es plasma a l'exterior durant breus segons, fins i tot, quan no utilitz o la música y estic en fase de recuperació, mentre l'efecte de la droga se evapora.

He vist images, ja no sempre a grans velocitats, de indrets y gents desconegudes que viuen y treballen tal com recullen los manuals de història; he presenciat differents aconteixements, algun de important, com la exposició universal de lo any vint y nou, la revolta de Gracia, lo primer tren, o episodis de la guerra de los malcontents. No puc identificar a qui pertanyen los records. Sóc a punt de entrar en lo segle divuyt. Usaré las sonatas de Sebastián de Albero y una dosi més forta per introduir los meus sentits en aquesta època. May la ciència fonch duta tan lluny per ningú, y ignoro si aquestos exercissis meus seran prou bons per ajudar-me a trobar la remembrança precisa que cerco, però sé que fins ahont he arribat...

«... meu *trompe-l'oeil* només rep elogis.

»¿Saps, Eli, que ara que les coses em roden bé, tinc por? El món és tan cruel que potser em dóna aquesta oportunitat per arrabassar-m'ho tot després, d'una revolada, frustrantme, i obligant-me així a ser un més de la nostra generació, la generació aïllada i marginada que ha de viure a casa dels pares per manca de recursos propis i que té més llibertat que la que mai no han tingut anteriors generacions, sí, però que no pot fer-la efectiva perquè la realitat els ho impedeix. ¿Te'n recordes, del merder que vaig tenir amb el pare perquè em va sentir cantar allò de «*mucha policia, poca diversión*»? No sé si fou aleshores quan vaig engegar-lo a dida, i amb ell, a les jerarquies; però sé que vaig créixer més de pressa des de llavors, adonant-me que el mite del progrés era un cadàver. ¿És progrés que certs senyors escatimin un salari mínim i unes pensions de jubilació míseres, alhora que ells mateixos s'apugen el sou? ¿Ho és fer i comprar tantes armes mentre es podreixen la resta de coses veritablement útils? No, nosaltres ja no creiem en el progrés ni tampoc en el mite del futur. El futur ja no existeix; l'hem canviat per ser lliures aquí i ara, Eli, en el present. Però no sabem moure'ns-hi; volem esbargir-nos sense crear, volem estimar i resulta que l'amor se'ns converteix en una trampa mortal... D'aquí a poc, si això continua així, ens arribarà la darrera por, la por a la llibertat, i si arriba, les protestes no es faran amb paraules, sinó amb pistoles.

»Ara que, per fi, faig el que m'agrada, no vull caure del meu somni. Jo aspiro a viure, però coneixent la vida, no deixant-la passar i prou, i complir els cinquanta, els seixanta, els setanta, i cridar ben alt i fort que sempre he estat jove. Et resultarà estrambòtic que jo, a dos mesos dels vint-i-un anys, tingui aquestes dèries (¡¡¡mira si m'ha afectat que, en un rampell, he enviat la meva adreça sencereta al papa!!!), però quan penso que tot just estic començant i que algunes de les meves esperances ja...»

Deu de maig. Feia una setmana que el Gerard no veia l'Elisenda. Ella era allà, rera la porta atacada pel corc, i ell ho sabia perquè algú feia treballar de ferm el tocadiscos. ¿Però veritablement estimava aquella persona? ¿Un amant amb tots els ets i uts podia avesar-se a fer el paper d'arrendatari i esperar un termini per cobrar? Juny ja era gairebé a la vora...

¿O havien descobert, potser sense adonar-se'n, la fórmula de la rutina capaç de separar-los i a l'encop fer-los conviure? A l'escola no s'explicaven com aquell xicot tan trempat, tan eixerit, havia capgirat el seu caràcter i adoptat una actitud greu, melangiosa, irritable. Els alumnes feien broma i murmuraven que estava enamorat.

I avui, provant d'oblidar, s'encarava al televisor, situat davant l'habitació de l'Elisenda i la seva música.

—¡Bona nit, des del Wankdorf Stadion de Berna! —saluda el locutor.

«Deu menjar quan sóc fora, sinó, no ho entenc... No tasta res del que jo li cuino a la nit, em torna el plat sense haver tocat la teca...».

El cop de cap de Julio Salinas es clava al fons de la xarxa italiana. La cridòria el fa atendre el partit i aquest li absorbeix l'atenció durant els restants minuts del primer temps, gairebé uns quaranta.

—Vialli i Mancini, altra vegada fora de joc —narrava el locutor—. El senyor Courtney xiula i Dossena es desespera. L'àrbitre no li fa cas... El Barça controla el matx... Final de la Recopa d'Europa, minut trenta-quatre, guanya el Barça un a zero... Beguiristain puja per la banda...

És qüestió de segons que acabi la primera part. És aleshores quan els llums fan figa. La casa queda fosca i el Gerard mira el sostre i llença un renec. S'alça de l'enllosat i va a inspeccionar la caixa dels fusibles. No ha posat la mà damunt d'aquesta quan les bombetes tornen a funcionar. Roman al costat de la caixa, no fos cas que el llum oscil·li de nou i l'obligui a passejar-se amunt i avall pel passadís. Uns instants després tot continua normal... El televisor xerrava sense públic, impertèrrit, i el noi decideix tornar per sentir-lo, malgrat ser l'hora dels anuncis... Doncs no, ¿el partit encara rutlla...? ¿Com, en blanc i negre? Manipula els botons, però el color es resisteix a aparèixer... S'allunya de la pantalla, caborieja les possibles avaries i la veu del locutor se li va ficant entre els pensaments:

—*¡Costa Pereira estaba batido, señores! ¡Y Czibor ha estrellado el balón en el poste!... ¡Una jugada de auténtica desgracia!*

¿Què diu aquest home? ¿Desbarra?... Es fixa en els futbolistes i no en reconeix cap... ¡Ah, és un reportatge sobre les finals continentals disputades pel Barça! El partit de debò és al descans... Ara, la música no el molestava tant.

Vint minuts més tard, les velles imatges prosseguien; no les tallaven. ¿Per què no connectaven amb Berna? ¡La segona part ja devia haver-se iniciat!

—*Ramallets efectua un saque largo... Recoge la pelota Evaristo...*

És impossible. ¿Hauran suspès el partit per alguna raó? Canvia de canal:

—*... se interna Kubala...*

¡Aquí també! Allò era el Wankdorf Stadion de Berna, sí, i el Barça jugava, però perdia, i el rival no era italià, sinó portuguès. ¿La mateixa pel·lícula per tots els canals? ¿Un problema d'antena? Bé, li quedava la ràdio... ¡Oh, no, els llums un altre cop!... Surt al balcó, els fanals són encesos; surt a l'escala i allà també tot és normal. Entra a casa, convençut de la fluixesa dels ploms del seu pis, i es troba amb la situació arreglada. L'electricitat novament engegada ha recuperat el color i la música.

—Lineker lluita amb Lanna... Cruyff i Boskov, donant instruccions... Pellegrini... Bonomi, Pellegrini... Intercepta la pilota Eusebio...

L'endemà, enmig d'un clima eufòric, els xicots comentaren a classe la intel·ligència de Robert, la seguretat d'Alexanco i d'Aloisio, el partidàs d'Urbano, la galopada de Soler, el gol de Rekarte, la tercera recopa, el clam i els cotxes que improvisaren un gran concert de clàxons joiosos... El Gerard, dient a tot que sí, esperava que algú esmentés aquella espifiada tècnica que el féu veure un altre duel, la final de mil nou-cents seixanta-u, durant una mitja hora. Però ningú no parlà d'això.

Ayr vaig aproparme una mica més; ascendeixo per un passat difícil, ple de oppressions, quexas, desconsuelo, aflictió y ruyna. Aquells que legaren aquestos records ja sabien la tragèdia de la família; axí se esplica que trobi pochs dies feliços y un excès de atroces visions hont hi ha sanch.

He concentrat al màxim la retroactivitat temporal, y puc assegurar que aquesta ja només es mou en el espai de la meua habitació. A més a més, los records es van ralentitzant y aconsegueixo pararme y viure aquell que me interessa. De vegades, però, no passa assò, y me aturo en llochs que no vull. Suposo que es tracta de interferències que no sé si tenen relació ab certs indicis de materialització que crec que es produeixen al voltant meu; la prova és a les meues pròpries notes, que presenten signes de atavisme, una regressió en la evolució que implica la reaparició sobtada en hòmens i demés éssers de comportaments de avantpassats ab los que tenen vincles genealògics. Lo atavisme se sol lligar a estats de somni, neuròtics y de psicosi.

Confesso que no em trobo bé; tinc el cervell excitat y destrossat per lo esforç, però he de continuar perquè sóc a uns trenta anys de conèixer la veritat y el temps se me està acabant. Prepararé dosis ab la rel de la planta, ab lo origen del principi actiu de la enfiladissa, de la que ja no em queda quasi res, y insistiré ab la obra per a arpa de Ruiz de Ribayaz y la mús i ca de orgue de Pablo Bruna, abdós de la època en que he de bus c ar.

Ara, agrayda a mi mateixa, puc dir lo que no deya però si pensava: jo tenia rahó; lo meu procehiment és eficàs, y acàs assò sig ui el comensament dells donassen ser-

vey sos remey offerintnos sinch crehuen llamentar-
ho fonch antes feyan aygua modo aconsellassem.

Va sentir-se reconfortat en reflexionar que els plaers de la infidelitat li havien servit com a mètode per alienar-se i arribar ben fresc al dia en què l'Elisenda decidís deixar de jugar a la Persèfone autosegrestada. Eliminant així tot sentiment de culpa, es lliurava a les vampiresses amb molt de gust. I si elles no tenien cap inconvenient o un amagatall escaient, el Gerard parava un taxi i se les enduia a casa.

Invariablement, les noies, ja fos al rebedor o al dormitori, dempeus o sobre aquell llit corcat que, miraculosament, aguantava els sotracs, preguntaven:

—¿D'on ve aquesta música tan forta?

El Gerard contestava automàticament:

—Del pis d'uns veïns meus... Melòmans...

Després, quan tot era ja un record acompanyat de suor i d'alguna engruna de fàstic, el Gerard llençava a les escombraries els mocadors de paper que havia emprat per netejarse el sexe —«Fa tres setmanes era de veronal, la setmana passada era de nembutal i avui, seconal.»— i anava a dormir, sol, oblidant la inquilina de l'altre costat del menjador i certs detalls d'ella que s'estaven fent morbosos.

Un desconegut elegant canta en anglès, un anglès molt dolent, davant un micròfon dels anys cinquanta. La cançó li sona, és antiga, i bella, i diu «Ens tornarem a veure, no sé quan, no sé on...» Rera el cantant, imatges de caos: bombes atòmiques omplen una pantalla de cinema. Una coral eleva la cançó i amaga el solista mentre a la pantalla cauen les bombes i apareix escrit A Stanley Kubrick Film... «Ens tornarem a veure, no sé quan, no sé on...». Els seus músculs s'han posat rígids. L'estrenyen. Una fiblada. Una altra. El somni, la seva absurditat, tot trontolla. Hi ha una tibantor allà baix, una tibantor dolorosa... Obre els ulls, mira, xiscla espantat. La criatura de rostre tapat per una espessa cortina de cabells llargs i bruts que li llepava el seu esgotat membre, fuig immediatament deixant a l'aire una fortor indescriptible. Una ombra empaita allò. Ambdós entren a corre-cuita a l'habitació de l'Elisenda.

La lluentor de l'esguard que ha vist entre aquella selva que l'acariciava li havia semblat la d'un animal mans i desesperat. No s'atrevia a atorgar a allò els honors de la realitat, i tot meditant com un somni tan repulsiu havia pogut saltar al món, va quedar-se adormit de nou sense treure's del damunt el pànic que li havia impedit bellugar-se del llit.

La deixà de veure un dia al principi de mes; estava absolutament demacrada, amb un rostre tan increïble que no semblava ni humà; després, no va tornar a sentir-la parlar. L'Elisenda es comunicava amb ell mitjançant paperets passats per sota la porta, i li anunciava la seva tornada al món pels volts de la darrera setmana de juny. El curiós i alhora preocupant del cas, era que les missives apareixien a diari amb la mateixa promesa —«¡Ja ho sé, Elisenda, ja ho sé; no t'hi escarrassis repetint-m'ho!», li cridava el Gerard— i amb unes faltes ortogràfiques que feien mal a la vista. Això d'estar tancada devia haver-la afectada més del compte.

Ara que el terme anava a complir-se, el Gerard oblidà la seva apatia i recobrà alguns dels seus vells trets. Fou un altre cop el saltabarrancs, l'espavilat; fou el xicot que se sabia estimat per l'Elisenda. Volia presentar-se davant d'ella com si res no hagués ocorregut, volia... ¡Volia assabentar-se'n del perquè de tot allò d'una vegada! ¿De què o de qui havien estat presoners?... ¡Merda de música, almenys callaria!... El dominava la impaciència; no s'ho creia, ser tan a prop de la fi del malson...

Època d'exàmens, de justícia i d'indulgència... Després, uns pocs mesos de llibertat, aprofitats per tapar forats a la llar... Forats. El corc no es deturava ni amb la calor, era fort; havia vençut les ruixades d'insecticida... Una bestiola inexorable, aquesta. Vet aquí unes despeses imprevistes, una porta i un llit... Recordà que, quan era estudiant, van explicar-li històries del folklore europeu a la classe d'etnologia, i que una d'aquestes es referia al corc com a missatger de la mort; coses de la tradició...

La tradició... Ara en venia una de les més simbòliques, potser la més esperada, la que transformava la ciutat en una festa màgica en la qual l'ídol era el foc i les lleis eren antiquíssims rituals en honor a la vida i a la naturalesa. La nit cremava per Sant Joan, atiada per objectes inservibles que alimentaven les flames mentre l'envaien les llegendes d'encanteris amorosos, bruixes i pobles primitius dansant al voltant de les fogueres...

¿Tornaràs la nit de Sant Joan?

El Gerard va escriure aquella simple frase en un tros de full que es lliscà tot seguit sota la porta de la noia, que fou avisada amb un truc. Però ella no va respondre fins unes hores més tard, amb la cantarella habitual de tots els dies, «la darrera setmana de juny». L'Elisenda ja s'assemblava als discos que tant escoltava, que ensopegaven sovint amb una nota, ratllats per l'ús exagerat que n'havia fet.

*

La pluja de petards anava fent-se intensa a mesura que els dies robaven minuts a les nits. Passejar pel carrer la tarda abans de la revetlla podia significar viure la sensació d'un bombardeig o posar-se al corrent sobre la solidesa de l'oïda. Barcelona es convertia en un aparador de mànigues curtes i de coques de crema i de llardons, en una desfilada de quitxalla alliberada de l'escola i en un munt de professionals i d'assalariats que ja rumiaven on estiuejar. Alguns marxaven fora de la ciutat, desitjant tastar el cava havent-se esquitllat dels embussos.

A partir d'una hora només existiria la pirotècnia i els sopars del foc, sadollats de mobles esbotzats, i la força pura d'un esperit pagà. El preludi anava a càrrec de les piules, que introduïen la festa a la nit com tocs de campana. Amb els primers estels, les primeres fogueres, i a continuació, els bombers. Les sirenes acudiren a sufocar les pires, i del fum d'aquestes arrencà la disbauxa.

Les deu, les onze, les dotze... La festa creixia i la nerviositat de Gerard també. Començava la darrera setmana de juny entre canonades i orquestres. Sortiria en qualsevol moment, a la una, a les quatre, demà, demà passat, demà passat l'altre... L'obsessió s'havia apoderat d'ell de tal manera que, en els últims dies, imitant involuntàriament l'Elisenda, gairebé no havia farcit l'estómac. ¿I si ella s'havia mort de gana allí dintre?... No, el tocadiscos funcionava, malament, però funcionava fent sentir l'estroncada evolució d'un orgue ratllat... Tot era soroll a casa i al carrer, soroll feixuc, penetrant, repetitiu, amagat rera una porta mig podrida en forma de música sense fi o entrant pel balcó com bramuls de volcà enfollit... El Gerard, assegut en una cadira, s'havia plantat davant l'habitació de l'Elisenda. Estava disposat a romandre quiet allà el temps que fos necessari. Si la de Sant Joan era una nit màgica, podia aconseguir fer realitat un desig tan senzill com el seu: que el forrellat s'apartés.

Aleshores, el llum va fondre's, però a diferència de vegades anteriors, el disc no es va interrompre. Devien haver petat les bombetes, totes de cop, vés a saber per què. Els coets i les bengales il·luminaven esporàdicament l'interior, mentre els focs artificials de Montjuïc esgarrapaven la foscúria a gran escala.

Un xiscle d'horror es barreja amb el disc ratllat.

El Gerard va aixecar-se esperonat i colpejà la porta:

—¿Elisenda, que et passa? ¡¡Elisenda, Obre'm!! ¡¡¡Obre'm!!!

El crit es perllongava, però perdia força de mica en mica, enrogallant-se fins a semblar el d'un animal.

Els punys del Gerard feren bellugar una porta que fou massissa. La frontissa de dalt, envoltada de fusta tova, es descollava ràpidament. Llavors, el noi, agafant embranzida, va envestir contra la porta i féu saltar els claus del forrellat. Una segona estimbada rebentà tot l'aparell, ja despullat de la carcassa remollida, i la porta i el Gerard caigueren dins l'habitació.

Llibres, robes, papers, pols, tot volava per l'aire en cercles com si un vent furiós els fes girar entre les parets de l'habitació. Damunt el llit de l'Elisenda, també corcat, la noia es lliurava a una figura de certa transparència que irradiava una lluentor blava. Era un jove de llargs cabells, amb vestit i capa negres i guarniments metàl·lics, que semblava haver escapat d'un quadre de l'època barroca. Aquell jove la posseïa. L'Elisenda, amb els ulls en blanc, mig nuada la gola per l'udol, estirava els braços cap a la figura que la penetrava, però les seves mans s'estavellaven contra el buit fent fracassar el que podia ser una abraçada o un rebuig. La resposta d'aquella irrealitat fou abaixar el seu cap com una destralada i besar-la. Aleshores, enmig de la confusió, enmig de correcames i de pinyols de coca, entre el tocadiscos perpètuament travat en un fragment d'orgue, el ressò de l'espetec de Montjuïc i els càntics, el cos desnodrit de l'Elisenda, ben bé esquelètic, tremolà sota el petó i deixà de moure's alhora que el llit s'ensorrava. El Gerard, esglaiat, només pogué intentar aferrar-se als dits de l'Elisenda des del terra abans que alguna cosa li esclatés dins el seu cervell, tenallat pel terror.

Hores més tard, en tornar en si, el Gerard va arrossegar-se fins al telèfon i va trucar una ambulància tot aguantant-se el plor. Sense voler veure el desordre que acompanyava aquella mort, s'allunyà de la cambra de la xicota i sanglotà arreu del pis sentint-se més impotent i desgraciat que mai.

Quan entrà a la seva habitació, es va trobar el seu llit trencat en dos trossos.

L'informe del forense dictaminà que la causa de la mort fou una aturada cardíaca provocada per una sobredosi d'un agent tòxic que no acabaven d'identificar. El pare de la víctima opinava que l'havia assassinada aquell malparit que vivia amb ella, i la policia era del parer que l'Elisenda, una noia amb evidents signes de desnutrició, havia volgut festejar la nit de Sant Joan d'una manera «especial», i que, inexperta com era, va excedir-se a l'hora de tastar aquella novetat. Una persona amb un organisme tan afeblit no podia resistir cap dosi de res. A més a més, s'escorcollà a consciència la casa de Gerard —un noi sense antecedents del qual no es podia provar que tingués relació amb el món de la droga, després d'haver-lo interrogat a fons—, i no es trobà res que fes pensar que allò era un cau de drogaaddictes. En conclusió, mort accidental ocasionada per la imprudència de la víctima. «*Debió de ser terrible* —asseguraren a Fernando Ferràndiz a la caserna de la policia—. *Tomó una cantidad de algo tan fuerte que la hizo debatirse por toda la habitación. Destrozó todo lo que le salió al paso antes de caer muerta. Un ataque, ya sabe. Tiró papeles, libros, dos macetas que sólo contenían tierra... En fin: tuvo que sufrir lo indecible*». Tot i així, el senyor Ferràndiz insistí que es vigilés el Gerard Sanuy. La policia no li digué que no.

Finalment, les despulles de L'Elisenda serien enterrades després d'haver estat trastejades amunt i avall per metges i guàrdies.

El Gerard no tornà a casa seva fins que l'assumpte es donà per arxivat, a poques hores del funeral. El pis li semblà més buit que mai. No anà a l'habitació d'ella, no volia veure-la encara. La d'ell, regirada amb poca traça, conservava el llit trencat... Que els dos llits del pis estiguessin malmesos fou una de les coses que no va saber aclarir davant la policia (¿corcs capaços de destruir alhora mobles iguals, com si es posessin d'acord?); d'altra banda, hi havia allò que no explicà ni explicaria perquè era tan increïble que ni tan sols ell, malgrat presenciar-ho, podia creure-s'ho. L'haurien pres per boig, o per... —quan li van dir que la sang de l'Elisenda contenia rastres d'una droga s'imaginà un daltabaix; ja es veié immolat per una legislació que buscaria un culpable allà on no n'hi havia—; bé, va mentir per ser coherent, digué que les relacions entre ells s'havien refredat darrerament i que ella, despitosa, potser mirà de consolar-se així, sense pensar en les possibles conseqüències... Ni quan era viva li demanà perdó tantes vegades. Durant la seva declaració va patir una mica en recordar, en silenci, l'existència de la tesi i d'aquella part concreta dedicada a les drogues. Però en l'interrogatori no li esmentaren res d'això; la policia no s'havia entretingut llegint massa papers en l'escorcoll del seu pis.

La tesi, aquell llibre, tot era allà dins, escampat...

L'hora. Faria tard al sepeli. Va vestir-se adientment i va marxar. A la tornada, ja tindria temps per posar ordre i arribar al fons de tot allò.

En l'església, només hi devia haver una vintena de persones entre familiars i amics. Va anar al cementiri en l'últim cotxe del seguici. En segona renglera, cobert per esquenes alienes, féu una ràpida ullada al ventall de gent que s'obria al voltant de la fossa. El taüt començà a baixar a les entranyes de la terra molt a poc a poc, seguint el ritme de l'emoció que s'anava apoderant dels presents.

I llavors el va veure. El va tornar a veure.

—..., i ara, doncs, ja em veu, aquí... —va callar tot mirant el seu interlocutor, però el senyor Ferràndiz no obria boca— ¡Hem!, bé... ¿Què? ¿Què... li ha semblat?

Fernando Ferràndiz, impassible, s'aixecà de la seva cadira i passejà una mica per l'estança. El Gerard va fer córrer els ulls: els flascons verds i marrons a les prestatgeries, les raconeres blanques, algunes cadires, les teranyines... No hi havia res més, la primera impressió havia estat bona a desgrat del mal de cap. D'un moment a l'altre li tornaria a preguntar on era. Se sentia prou fort, ja no l'acovardiria, i menys ara que havia expulsat allò que duia a dins, fins i tot l'impossible. El revifà compartir aquell pes... Una veu va riure fora d'allà... I el caminar d'aquell home meditabund... Va pensar que havia estat massa optimista, que el senyor Ferràndiz no creia l'estrany final de la seva història (dimonis, si a ell mateix li passava igual, no tenia per què enganyar-se), que el faria empresonar per qualsevol motiu... En tenia un de bo, l'agressió al Bernat. ¿S'ho empassaria algú que l'atacà confonent-lo amb un... un...? ¿Quin nom podia donar a allò?

Segur d'una banda, angoixat de l'altra... El senyor Ferràndiz mirà el Gerard. Tots dos estaven cansats, molt cansats.

—Ets el món, ¿saps? —digué l'homenot.

¿El món?... La rialla va tornar a sonar, encara més aguda.

—Personalment —va prosseguir—, poca cosa puc explicar-te... És millor que això parli per mi.

Va allargar-li el vell llibre una altra vegada. El Gerard no va entendre aquell gest. Va alçar el cap, més per desentumir-se que no pas per rebre tal oferiment, i aleshores va veure dos llibres idèntics a les mans del senyor Ferràndiz, ambdós de pàgines esgrogueïdes... ¿Dos? Va interrogar-se breument, i la resposta de l'homenot se li va avançar:

—Sí, és la part que faltava... Abans t'he enredat, ho has de comprendre, però ara sí que estic convençut que puc refiarme de tu. Va, llegeix-lo.

El Gerard agafà el segon tros del llibre enmig d'un nou atac d'aquell riure anormal que venia de l'exterior.

—«La sinceritat de l'encausada...» —començà a llegir.

—Espera, et recordaré el punt on has acabat —el va interrompre Fernando Ferràndiz tot repassant el llibre que ell tenia—. «Lo fiscal llegí en veu alta les acusacions i, com era son deure, exigí que, en cas de dubtar-se de» —va indicar al Gerard que continués, i aquest repetí:

—En cas de dubtar-se de...

> la sinceritat de l'encausada, se sotmetés a aquesta a la tortura en lo moment adequat. Ma neboda ni s'immutà. Lo poder del dimoni havia de ser fort dins d'ella, y nos lo demostrà quan, immediatament després de la lectura de las acusacions, en l'instant en què havia de contestar a aquestas punt per punt, rematà ab una desvergonyida rialla cada una de las qüestions: ¿com conegué la vella? ¿Quinas arts usà aquesta per apoderar-se de sa voluntat? ¿Per què se matà Álvaro? Jo creya que lo tancament l'havia trastocada, però me malfií d'assò fins que li comunicàrem que, seguint la lley, se li assignaria un advocat deffensor promptament. Llavors li sentirem la veu, per fi, protestant per tal mesura y reclamant lo dret a deffensar-se sola, puix li faria morir de fàstic tenir al costat un altre capellà desitjant retornar-la al si de Déu. L'inquisidor, indignat, manà ferla fora d'allà, y uns minuts després comparegué la vella, que escoltà sas faltas de llavis del fiscal y que no sabé dissimular la por davant la paraula «turment». La interrogàrem sens donarli temps a reflexionar o a embrollar las respostas. Lo poch ordenat que digué, sens que se li través la llengua, foren algunas dadas personals: son nom era Maria de Jureteguia, tenia noranta-sinch o noranta-sis anys, puix ni ella matexa tenia clar lo compte, venia de la Fransa però era nascuda en los límits del regne de

Navarra; també se negà a disposar d'advocat, encara que sens donar cap rahó. Al multiplicar-se las preguntas augmentà sa confusió y se posà a plorar. Satisfet ab haver trencat sa resistència, però necessitant que l'acusada estigués tranquil·la, l'inquisidor suspengué la sessió.

»A partir d'eix dia, concentràrem lo nostro esfors en la vella. Era evident que l'espantava la tortura, lògic si pensem que sa edat no li permetria suportar-la, y explotàrem aquesta ventatge. En las següents jornadas nos esperaven moltas sorpresas. Aquella dona ja conexia la justícia del Sant Offici: havia estat classifficada com a confitente en lo gran procés contra la bruxeria basca, que se donà precisament a Logronyo setanta-tres anys abans, en lo mil sis-cents deu. Després de soffrir una pena lleu, recorregué las muntanyas durant uns decenis malvivint de robos y altres delictes de different envergadura, fins que anà a Fransa a buscar fortuna. Allà, se relacionà ab gents de sa mena, éssers vomitats per lo matex infern que sembraven la mort per los dominis del Rey Christianíssim cometent crims repulsius que es millor no citar aquí. Formà part d'una banda en la qual, com fetillera, s'especialitzà en la preparació de filtres d'amor, dedicant-se ocasionalment a los envenenaments. Era extremadament hàbil offerint, a qui havia de menjar-lo, la meitat d'un fruyt tallat ab un ganivet que tenia envenenat un sol costat de la fulla. Los manejos de tant malvat arribaren a embrutar la cort d'aquell regne, y lo propri Rey Christianíssim fonch atacat per los dimonis, que, gràcies a Déu, no pogueren doblegar-lo. Però succehí que Satanàs retirà son ajut a los ruhins, y prompte aquestos se veieren perduts, acorralats per las ànimas de los que impunement havien assassinat y por sos venjadors. Aquest assumpte, descobert quatre anys enrera, y que se conegué com lo cas de los venenos, provocà un gran renou y reviffà lo combat contra las bruxas.

»La que teníem enfront s'olorà lo perill quan aquest era inminent y escapà a temps. Tornà a son poble, però ab tots sos parents y amichs morts y sens medis per sobreviure decentment, optà per intentar guanyar de nou lo favor del príncep de las tenebras y anà pidolant de ciutat en ciutat y de poblet en poblet, lluitant per recuperar son poder baix sas robas esparracadas. Per aconseguir assò, se proposà iniciar a las mossas en la bruxeria. Emília passà per lo matex sistema que utilitzà ab las demés. Com sas antecessoras, Emília se transformà en una possessa gràcias a un ritual que comportava fer-la gaudir de los pecats de la carn y predicar-li la doctrina del dimoni, tot ben amanit ab los effectes de sos sortilegis, que se podien fer ingerir fàcilment, barrejats ab qualsevol menjar o beguda. Las mossas no s'adonaven de res en los primers dias de son mal noviciat, atontadas per aquellas pocions que Maria de Jureteguia ja elaborava en sos bons temps en lo regne de Fransa. Se feya suas a sas víctimas sens gaire difficultat. La quantitat de droga disminuïa a mida que las dexeblas se trobaven a gust ab tot assò y venien son esperit a la vella. Los ingredients d'aquests beuratges s'extreien de las plantas belladona, mandràgora y jusquiam. Jo indiquí a l'inquisidor que li fes revelar també la composició del filtre d'amor. Nos digué que la forsa d'aquest venia de los cossos matxucats d'uns insectes anomenats cantàridas. Luego, rahonà la cerimònia que realitzava durant la fornicació de sas dexeblas ab los hòmens que ella s'encarregava de buscar, com una invocació al Maligne per a que aquest se fixés en sos treballs y li retornés son categoria. Los ratolins que capturava li eren indispensables per adobar sos venenos.

»Al preguntar-li sobre Álvaro, nos esplicà que, en eyxa nit que fonch fatal, ella anava a la caça d'hòmens per a Emília quan se topà ab un jove ben plantat que feya cara de voler una mica de diversió. No li costà convèncer-lo per dur-lo a conèxer una protegida sua, però quan lo jove veié de qui se tractava esclatà de còlera; la noia, Emília, fugí a casa, y ell, Álvaro, s'apoderà de la bruxa y la portà a l'Església. La resta de la història ja la sabíem. La vella tornà a son calabós.

»De seguida, comensàrem a deliberar. Era impossible dubtar de sa culpabilitat, y la causa no tingué que passar a prova: ma testimoni quedava corroborat. Malgrat assò, seguint las reglas del Sant Offici, lo procés a Maria de Jureteguia se perllongà un poch més, puys ratifficada ma declaració, aquesta havia de ser llegida a la rea segons la fórmula que resava: «*En tal mes de tal año, cierta persona ha declarado haver visto u oido a la acusada hacer o dezir tal cosa*». Ella respongué a tots los càrrechs sens retractar-se de res. Ja tot enllestit, l'assumpte passà a sentència.

»He esmentat una intervenció personal en la qual indicava a mon amich un detall que havíem passat per alt: la preparació del filtre d'amor. En molts processos per bruxeria, aquesta solia quedar demostrada per l'us de tals filtres. Jo tenia especial interès en conèxer sos components y estudiar-los per saber com fer inoffensiu l'embruix. Evidentment, era assò lo que inoculava tanta luxúria a los sentits y principiava lo camí vers la perdició. Mon somni era trobar una panacea útil per a los dolors de l'amor, tant del que nexia del bon cor com del que provocaven los beuratges, y aplicar-la igual a los amants desesperats y a las gents encantadas. Si trobava lo remey, potser me serviria per rescatar a ma neboda de las influèncias diabòlicas, puriffìcant-li axí l'ànima y salvant-la d'un fort càstich. En mos ratos lliures, en gran part nocturns, mentre s'aproximava lo dia que havíem marcat per iniciar lo judici d'Emília, fiu experiments ab las cantàridas y suministrí a gossos y ànecs la potinga que obtenguí remenant-lo en sos menjars. Los resultats sempre obeïren a una fúria destructiva; los animals semblaven atacats per una ràbia que estigué a punt de convertir-me en ruynas mon pobre soterrani. Tenia que dexar-los escapar d'allí per a que se desfogassen corrent o trobant una parella que'ls saciés. No sabí arreglar cap antídot.

»Després d'aquest fracàs, no hagué temps per a més. Lo tribunal s'enfrontà a Emília disposat a arrencar-li la veritat de grat o per forsa. Acabada la intervenció preliminar del fiscal, que li repetí las acusacions que ja li llegí en l'anterior ocasió, l'inquisidor li deixà ben clar que Maria de Jureteguia havia confessat y que a ella no li valien ara las mentidas ni las bravatas, que si no volia patir suplicis que ningú d'allí li desitjava havia de seguir l'exemple, bon exemple aquesta vegada, de sa mestra en bruxeria.

»La notícia li resultà fulminant. Ma neboda, entregada al fals credo de la vella, se sentí sobtadament desprotegida a l'enterar-se de lo succehit. Era com un cos al que havien arrabatat l'ànima, y com a tal se nos donà, freda, però conservant encara molta soberbia y sens mostrar cap penediment. Fonch confirmant-nos la història de la vella en tot lo que las relacionava a ambdues, admeté prendre filtres d'amor y altres beuratges màgics fets de cors de colomí y excrements de gat que l'apropaven a son senyor lo dimoni, y nos contà que lograva esquivar la vigilància de sos pares, quan aquestos la creyan dormida en sa habitació per la nit, escapant-se per la finestra després d'untar-se lo cos ab un ungüent que la feya volar. Per las tardas, la vella li revelava las ensenyansas de Satan, y en eix moment tinguérem que escoltar los més terribles arguments herètics y blasfems: digué que lo mal forma part de la realitat y que sens ell aquesta seria errònia per incompleta, que és necessari per a l'harmonia universal y que procedeix de Déu, perquè Déu és la causa de tot y, per tant, també del mal, el qual és inherent a Déu; affegí que Lucíffer y Iesús són un de sol, perquè Iesús il·lumina a los hòmens ab son doctrina y lo nom de Lucíffer signiffica portador de la llum, y acabà enumerant-nos los dimonis que adorava: Asmodeu, lo tricèffal coronat que munta un drach, que governa sobre la ira, la luxúria y la codicia; l'ammonita Moloc; lo funest moabita Belfegor; Belcebub, lo Senyor de las Moscas de los cananeus; Astaroth, lo semita; lo monstruós Behemonth; lo filisteu Dagó; lo babilònic Tamuz; lo fenici Belial; Rimmó y, per acabar, la mesopotàmica Lilit, la gran fornicadora. Jo los conexia tots d'aquells llibres que tenia guardats en lo soterrani. Quan, atenent a mos requeriments, l'inquisidor li preguntà si alguna altra cosa, ademés de la influència de la bruxa, l'havia impulsat a retre culte al diable, me tocà oir lo que ella considerava mes culpas. Jo era lo responsable, deya, d'haver sumit sa vida en la tristor, d'haver-li atribolat la infantesa y la juventud obligant-la a un recolliment que no s'avingué may ab son temperament. Y si ara era una bruxa, s'havia de buscar l'autèntica rel de ço en mon comportament y en sas ànsias de librar-se de ma insoportable tutela. Jo hagués prefferit ser carn per a los llops a tenir que viure aquells instants.

»Però faltava lo pitjor. No esperà a que se la interrogués sobre la mort d'Álvaro. Sens que lo tribunal se lo demanés encara, relatà lo succehit aquella nit; sas paraulas foren masadas per a los nostros esperits y l'inquisidor cobrí ab un drap lo Santchristo que presidia la taula. Sa versió de los fets no s'ajustava en res a la declaració de Maria de Jureteguia. Pocas vegadas una veu humana haurà estat capàs de fer-se tan odiosa. A l'oposar-li lo testimoni de la vella, jurà que aquesta mentia per por, per covardia; l'única veritat era la sua. Només entre las bestias més atroces se pot imaginar crim tan gran, però preffe-rexo no estendre'm més en assò, puix ja he dit al principi d'aquesta relació que no revelaria la naturalesa de tal fet. No los faria cap bé ni los seria útil a los Ferràndiz venidors saber que digué Emília en aquella hora, perquè sé que la voluntat de Déu torçarà prest o tard los designis del diable, los quals s'anunciaren poch després per boca de ma néboda. Legar la memòria de tan infamant pecat signifficaria la mort per oprobi del nostro llinatge.

»Lo procés d'Emília s'agilitzà més que el de Maria de Jureteguia, encara que lo càstich a imposar seria lo matex: la presó. En principi, la bruxa merexia la foguera per una existència plena d'offenses contra lo Totpoderós, però el veure-la tan xacrosa y recordant que res d'aquell cas havia de trascendir, puix un auto de fe seria com cridar l'esdevingut a los quatre vents, nos inclinà per la pena més usual, lo tancament en una casa de penitència, la qual, per las circumstàncias especials de l'assumpte, s'habilitaria en la matexa presó secreta del Sant Offici a Calahorra, hont tant ella com ma neboda se grillaven desde feya quasi un any y mitg. La sentència no especifficava los anys de condemna, encara que aquesta podia ser a perpetuïtat si axí convenia. Però Maria de Jureteguia no sabé may la nostra decisió: morí en son calabós de pura vellesa, y ojalá que consumida per lo pes de sos pecats. Y Emília encaxà la sentència ab més tranquil·litat que resignació.

»Tot havia acabat. L'escenari de los processos fonch desmontat y mon amich l'inquisidor y sa gent tornaren a Logronyo reaffirmant son silenci sobre l'ocorregut. Arribaren en lo moment precís a son destí, puix la Suprema estava realitzant una visita d'inspecció a los tribunals de província d'aquella part del país. Y puch donar fe que d'aquesta història no se'n sabé res aleshores, y si se'n sabé, la Suprema prefferí no tenir-la en compte o no donar-se per enterada.

»Reprenguí ma vida ordinària, però sabia molt bé que aquesta ja no seria igual que sempre. Me dominava ma eterna obsessió d'enfortir las ànimas y curar-las si calia, y me rebel·lí a concedir-li al dimoni lo triomf que li signifficava robar-me a Emília. Me posí a treballar en lo remey que aconseguís recuperar per a los cels a ma neboda, lo que comportaria reduir-li la pena y fer-li purgar sas faltas en pochs anys. Tot lo que bullia o destilava y que yo creya que podia ser útil, condimentava los menjars d'Emília. Ma dèria per lograr l'èxit me féu incurrir en las matexas pràcticas que l'església condemnava per ser cosas de bruxas, y barregí entre si tota mena de repugnàncias buscant un miracle, olvidant que aquestos són obra de l'Altíssim. Però ma sobèrbia era castigada ab constants fracassos, puix mos experiments no milloraren l'esperit d'Emília, sinó que agravaren son cos fins que ella, endevinant l'origen de sos dolors y sos vòmits, dexà de prendre aliments. Aviat rebí avís de que era en l'article de la mort, y correguí a son costat, presa de los remordiments, desitjant que en sos últims instants abjurés de sos errors.

»Sols en lo calabós, l'ombra que era ma neboda, estesa en un catre de palla, m'acusà, molt convençuda, d'haver-la enverenat, y jo no gosí replicar-la perquè son estat era fruyt de ma obstinació per regenerar-la. Digué morir contenta perquè m'havia vençut y perquè son acte, aquell que jo considerava lo més execrable, demostrava al món que ni jo ni ma fe erem infalibles. A assò sí que contestí, y en mala hora. La vaig enterar, orgullós, de que son nefand pecat restava en l'anonimat y que ningú sabia ni sabria may lo succehït. Oint assò, s'incorporà y me clavà sos ulls encesos, y me malehí ab aquestas paraulas: "Donchs ja que ni axí admets ta derrota, que sia l'estirp de los Ferràndiz qui la patexi; que tot aquell mascle de la nostra sanch l'edat del qual estigui separada per un periode màxim de tres anys, per dalt o per baix, de la de sa germana, en cas que la tingués, muyra ans de travessar lo límit de los vint y un anys, com Álvaro; y que assò se vagi acomplint fins lo dia en que lo món sàpiga perquè se matà ton nebot."

»Sortí espantat d'allà. Fonch la darrera vegada que la viu viva. Una setmana més tard, expirà. Ignoro quin devia ser lo destí de sa ànima; només se que en eix instant confií en la infinita misericòrdia de Nostro Senyor. Jo, desenganyat de moltas cosas, decidí atendre exclusivament mos deures y no obcecarme ab somnis que únicament Déu pot fer realitat. Destruí tot lo que havia parat en lo soterrani de ma parròquia. Altres vindrien que millor lo farien. Y jo, volia olvidar.

»Comensà un temps de pau per a la família que durà vint anys, fins que una tragèdia me féu recordar las darreras paraulas que oí a Emília y que yo creya pronunciadas a causa de la fam o de la bogeria: Pedro, lo fill petit de mon nebot Juan, se trencà lo coll a conseqüència d'una caiguda del cavall; estava a punt de fer los vint y un anys y era dos menor que sa germana Remedios. Se considerà sa mort com resultat d'un desdichat accident, y axí ho pensí jo també, agaffant las característicasdel fet passat y las del fet present com una mera casualitat. Però fa uns mesos, lo nét de ma germana Leonor, Felipe, que ja no posseïa lo cognom Ferràndiz, encara que assò no'l privava dur la nostra sanch, aparegué trossejat per los llops en un mont hont solia anar a caçar. Aventatjava en dos anys d'edat sa germana Inés, una jove pietosa que ha ingressat recentment en un convent, y li faltaven pochs dias per fer los vint y un. Assò ja excedia la simple coincidència, y me decidí a escriure aquesta història.

»Vuy, quan ja son dos los Ferràndiz que han entregat sa ànima a Déu seguint los dictats de la maledicció d'Emília, reconech que lo poder de Satanàs es gran, però no lo suficient com per vèncer al Totpoderós. Jo, que he jurat no violar lo secret causant de tot perquè ço seria deshonrar la familia y divulgar la forsa de Satanàs, ja no puch fer altra cosa que finalitzar aquest relat, tancar-lo y dexar-lo en herència a los fills de mon nebot Juan, Luis y Remedios, los quals tenen descendents que, desgraciadament, poden ser las properas víctimas de la fèrula del diable. Déu sempre m'ha distingit ab sas bondats y assò me fa confiar en sa victòria sobre lo mal que nos fustiga.

»A mi, només me queda esperar la mort y presentar-me davant Ell, que tot lo pot, ab l'esperança de ser acollit en son regne. Vulga lo cel que mos actes y mos pensaments hagin estat nobles y guiats per sa divina inspiració.

»Donat en l'any de Nostro Senyor de mil set-cents disset.

»Christóbal Ferràndiz de Dàvalos»

—¡Grandíssim fill de puta! —cridà al no-res el Gerard deixant-se caure a la llitera un cop acabada la lectura.

—Unes pàgines més endavant —va dir el senyor Ferràndiz amb un fil de veu— hi ha un apèndix que va escriure el meu pare. Llegeix-lo. Prova que l'Elisenda no és morta per culpa d'una rondalla... I vull que ho sàpigues tot.

El Gerard, sense assuavir la fúria que el consumia, agafà una altra vegada el llibre amb la curiositat novament picada, i féu córrer uns quants fulls en blanc fins que trobà un encapçalament i un text. A fora, algú havia començat a xisclar.

«AL MEU FILL FERRAN

»Potser, quan hagis acabat de llegir la història d'aquest avantpassat nostre, comprendràs perquè la vida a casa no ha estat mai gaire feliç i perquè tu has estat fill únic. Jo vaig passar pel mateix quan era jove i solter, fins el dia que vaig anunciar als meus pares que tenia la intenció de casar-me amb la Neus. Llavors, el teu avi em donà aquest llibre i m'aconsellà que no me'l prengués de broma.

»Tan seriós em semblà que, una vegada llegit, vaig entestarme a saber què era llegenda i què era cert en tot allò. El meu pare m'ajudà contant-me el que li havia arribat per via oral i que es referia a la mort d'un oncle seu, Marcelo, un fet que jo recordava haver sentit de llavis del meu avi, i dient-me per on es perdien les passes de les altres branques de la família.

»Amb totes aquestes informacions, vaig llençar-me a investigar pel meu compte els darrers dos-cents cinquanta anys de la nissaga dels Ferràndiz. Fou una feinada aclaparadora en la qual vaig córrer per mig país, consultant censos, fitxes hospitalàries i, sobretot, arxius parroquials. Avui, repetir aquella recerca fóra inútil, ja que molts d'aquells arxius i d'altres dades van ser destruïts durant la nostra guerra civil. El que no va haver manera de trobar aleshores, fou algun rastre del procés secret contra l'Emília Ferràndiz i la bruixa. Es veu que tothom va ser fidel a la paraula donada.

»Malgrat això, la meva investigació demostrà l'existència d'una maledicció que ha actuat sistemàticament sempre que els membres masculins de la família han tingut germanes més joves o més grans que ells en un, dos o tres anys. Però, abans de dir quelcom, val més que vegis l'arbre genealògic que vaig muntar, on advertiràs clarament les empremtes de la maledicció. Heus aquí tots els Ferràndiz que vaig poder trobar; suposo que algun n'hi haurà hagut que no deu ser a l'arbre:

Juan Ferràndiz Muniesa + Isabel de Dávalos
(1591-1669)

Manuel F. de D. + Eugenia Mayoral Mena — Cristóbal F. de D. — Leonor F. de D. 1
(1628-1694) — (1632-1717) — (1634-1711)

Juan F.M. + Maria Osuna García — Emilia F.M. — Álvaro F.M.
(1653-1723) — (1658-1684) — (1661-1682)

Luis F.O. + Teresa Cárdenas — Remedios F.O. 2 — Pedro F.O.
(1679-1735) — (1681-1760) — (1683-1704)

Mercedes F.C. + Miguel de Blas Zapino — Pablo F.C. — Martín F.C. 3
(1706-1773) — (1709-1730) — (1710-1786)

Miguel de B.F. + Verónica Peña Ribera — Ricardo de B.F.
(1728-1797) — (1732-1819)

Laura de B.P. + Eduardo Pozo Mas — Marcos de B.P.
(1755-1829) — (1758-1779)

Valerio P. de B. — Mariana P. de B. + Celso Rodríguez Jara
(1780-1801) — (1782-1866)

Catalina Barra Cayo + Alfonso R.P.
(1803-1887)

Josefa Nadal Serer + Ramón R.B.
(1846-1923)

Ignacio R.N.
(1881-1918)

1

Leonor Ferràndiz de Dávalos + Gaspar Galindez Llerena
(1634-1711)

Margarita Laso Ramos + Rodrigo G.F. — Lucas G.F. + Gabriela Vega León
(1656-1731) — (1660-1729)

Felipe G.V. — Inés G.V.
(1696-1717) — (1698-1745)

2

Remedios Ferràndiz Osuna + José Velasco de Azúa
(1681-1760)

Tomàs V.F. — Rosario V.F. + Antonio Millán Fortea — Cipriano Ansa Ruy + Carmen V.F.
(1701-1722) — (1702-1778) — (1708-1767)

Carlos M.V. + Pilar de Val Antúnez
(1736-1800)

Federico M. del V. + Celia Rey Casas
(1762-1839)

Paula M.R.
(1789-1808)

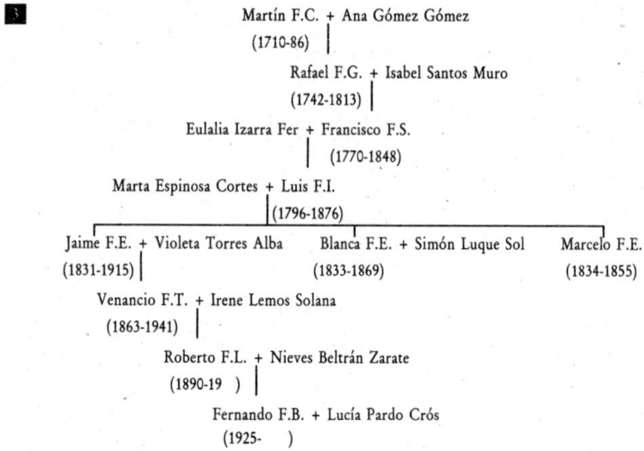

»Ara, fixa't en les llistes següents. En la primera, hi ha els noms dels joves Ferràndiz morts abans de fer els vint-i-un anys, amb la diferència d'edat respecte de les seves germanes corresponents entre parèntesis, i la causa de la seva mort.

—Pedro Ferràndiz Osuna (—2): una caiguda de cavall, tal com digué Cristóbal Ferràndiz.

—Felipe Galíndez Vega (+2): devorat pels llops, fent bo també el testimoni de Cristóbal.

—Tomás Velasco Ferràndiz (+1): assassinat per uns bandolers.

—Pablo Ferràndiz Cárdenas (—3): víctima d'un atac de feridura fulminant.

—Marcos de Blas Peña (—3): desaparegué en un naufragi.

—Valerio Pozo de Blas (+2): va esclafar-lo una balconada que es va desprendre.

—Marcelo Ferràndiz Espinosa (—1): el germà del meu avi; morí d'un fart.

»Potser, notaràs que el meu avi Jaume era dos anys més gran que la seva germana Blanca, i que a ell, curiosament, no li va passar res. Imagino que la maledicció es fa efectiva només una vegada per generació i que afecta aquell germà mes proper en edat a la germana.

»La segona llista engloba aquells parents amb els quals fineix una branca de la família:

—Rodrigo Galíndez Ferràndiz: el seu matrimoni no li donà fills.
—Inés Galíndez Vega: Cristóbal ho deixà ben escrit; ingressà en un convent poc després de la mort del seu germà Felip.
—Carmen Velasco Ferràndiz: enviduà als pocs mesos d'haver-se casat i no buscà nou marit.
—Ricardo de Blas Ferràndiz: fou un conco radical.
—Paula Millán Roy: morta en la defensa del parc de Monteleón de Madrid (2-5-1808).
—Blanca Ferràndiz Espinosa: emmalaltí de tuberculosi després de la seva boda. No ho resistí gaire temps.
—Ignacio Rodríguez Nadal: un dels milers que moriren a causa de la gran epidèmia de grip del 1918.

»Entre la progressiva desaparició d'uns i d'altres, la família ha anat escurçant-se fins quedar reduïda a la nostra branca. Naturalment, és probable que al llarg dels segles s'hagin produït infidelitats i que d'aquestes neixessin criatures, però vés a buscar un registre on constin els fills il·legítims amb aquest títol i, a més, en èpoques antigues; no cal dir que tampoc no deuen haver-se salvat aquells que, potser sense saber-ho, tenien germanes o germanastres que també podien ser bastardes. Aquí, el cognom no importa; només val la sang. Un detall esgarrifós és que la por a la maledicció propicià en algun moment deixar morir les femelles nounades, crims que quedaren impunes mercès a la tapadora que era l'alta taxa de mortalitat infantil de temps passats.

»La finalitat de la maledicció és extingir la família d'una manera lenta, perllongant una agonia que no sé quan acabarà. Ara com ara, ets el darrer dels Ferràndiz i tens la responsabilitat de curar-te en salut i evitar aquesta ombra de mort sobre el cap dels fills que vulguis dur al món.

»Trencaríem aquest malson si responguéssim una sola pregunta: ¿per què se suïcidà Álvaro Ferràndiz? Misteri. No hi ha pistes ni certeses, només hipòtesis. Basant-nos en el que sabem, la causa podia raure en un exagerat sentit de l'honor, típic de la mentalitat encarcarada d'aquelles centúries; però això seria més aviat motiu d'orgull i no de vergonya per al Cristóbal Ferràndiz, un individu força contradictori per la seva condició de capellà al servei de la Inquisició i per la seva dèria de científic rudimentari que vol vèncer influències sobrenaturals a cops de beuratge, com un nigromant. Llavors, si no fou això, ¿què fou? ¿S'apoderà de l'Álvaro una sobtada bogeria en descobrir la mena de persona que era l'Emília? Aquesta idea és més factible si recordem que als bojos se'ls considerava abans com a endimoniats, i potser Cristóbal Ferràndiz no va voler donarho a conèixer perquè aleshores les autoritats inquisitorials, d'assabentar-se'n (ni ell mateix assegura amb fermesa que no ho sapiguessin), sí que hi haurien intervingut. Dos casos de possessió en una mateixa família fóra un gra massa, i significaria la pèrdua dels privilegis que comportava el càrrec de comissari de districte i de l'ascendent que pogués tenir sobre la contrada. Però, francament, tampoc no em satisfà aquesta explicació. Podria omplir-te el cervell de teories similars, i cap seria prou bona o mínimament creïble.

»Tota aquesta investigació m'obligà a viatjar durant uns anys, com ja t'he dit; la teva mare, que encara no era la meva esposa, va tenir la santa paciència d'esperar-me. Li vaig contar la història en tornar, i també vaig dir-li que si volia deixar córrer el nostre futur matrimoni, era ben lliure de fer-ho. Quatre dies més tard, com qui no vol la cosa, ja erem marit i muller. Després, arribares tu, i decidírem no arriscar-nos i no tenir més fills, perquè et volíem viu sempre, més enllà dels vint-i-un anys. Quan complires els tres, pensàrem de rectificar la nostra decisió, però en realitat ja érem feliços amb tu i no ens calia més. No sé si vam ser molt egoistes, aleshores, en negar-te un germà o una germana.

»En el tros de segle que portem viscut, he vist com s'han aconseguit coses que tothom considerava impossibles d'assolir no fa gaire. Potser, algun dia es trobi la clau per saber del cert els secrets de la història. Seria magnífic que s'inventés una màquina del temps que ens permetés esbrinar l'enigma dels Ferràndiz. Això em fa mantenir les esperances.

»Tu, fill meu, rebràs aquest llibre quan em diguis que una dona t'ha robat el cor. No hauria servit de res amoïnar-te abans amb tot això. Admeto que és un regal ben macabre, però ha passat de generació en generació sempre que s'anuncien unes noces en la família. Sé que ho entendràs.

»Robert Ferràndiz Lemos»

El Gerard vessà unes llàgrimes resseguint les darreres paraules. El senyor Ferràndiz li prengué el llibre de les mans quan s'adonà que el noi ja no llegia. Va ajuntar els trossos.

—El meu pare —digué— morí l'any seixanta-quatre, abans que neixessin l'Elisenda i el Bernat, i morí tranquil, amb dos néts mascles i refiat del meu capteniment a l'hora de tenir fills... La de bufetades que m'hauria donat si hagués viscut uns pocs anys més... Bufetades... L'he rebuda tard, però forta.

—¡Calli! —bramà el Gerard, llevant-se treballosament i quedant-se assegut a la llitera— ¡Calli d'una vegada! ¿Per qui somica, per l'Elisenda o per vostè? ¡La seva és una família d'amargats que ha anat llegant-se la mort per culpa d'un frarot fill de puta que no va voler que es digués que els seus parents també podien ser pecadors, com qualsevol ésser humà!

—Eren altres temps, dominats per la por a Déu...

—¿Déu? ¿Déu? ¡Una merda, Déu! ¡Fanatisme! ¡Orgull! ¡Això i no altra cosa els ha matats durant segles! ¡Fanatisme i orgull d'un miserable que va preferir sacrificar futures criatures en lloc d'admetre que havia fracassat! ¡Quin parell de malparits, l'oncle i la nebodeta...! Després de morts han continuat lluitant. Doncs bé, ¡a mi no em fa res cridar que l'Álvaro Ferràndiz se suïcidà presa dels remordiments per haver comès incest! ¡Incest! D'això es tractava... Llegint el que he llegit i veient el que vaig veure, és claríssim... Aquell monstre havia de ser l'Álvaro Ferràndiz... No sé com s'ho va fer l'Elisenda, però aconseguí que la història anés enrera i la portés a convocar un fantasma. I aquest va aparèixer... Sona a bogeria, però es la veritat, ¡ha de ser la veritat!

El senyor Ferràndiz semblava haver-se encongit.

—Incest... La meva vella sospita. Quan has parlat d'aquella visió, m'ho he temut... L'Elisenda era un geni, sí, un geni valent... No oblidà qui va estimar-la de nena, qui va demostrar-li que el món no era tant trist i fred com els seus pares... El Bernat i ella estaven molt units; no pensis malament, vull dir que es van fer costat sempre i cresqueren més feliços així, fent-se una vida fora de la nostra. S'hi avenien força, reien plegats... Fins i tot, crec que ens menyspreaven; sa mare i jo els maltractàvem, no volíem que s'estimessin tant perquè quan fos l'hora de la veritat, quan ell morís, ella... ella, amb aquell caràcter que tenia, doncs... —es fregà la cara amb una mà— Bé, incest. L'Álvaro i l'Emília...

El Gerard deixà caure el cap; el ferien els records:

—L'Elisenda ha salvat allò que l'ajudà a estimar-me, a costa de la seva pròpia vida... —digué mirant a terra— Ha salvat el seu germà.

—Ha salvat el seu millor amic... Sí, tens raó, la meva és una família d'amargats, però ella no va ser-ho gràcies al Bernat... Li ho volia agrair alliberant-lo de la maledicció que ell ignorava i que li amenaçava el destí, la maledicció que actuaria precisament per culpa d'ella, per ser només dos anys més gran que ell... No s'ho hauria perdonat mai.

—Ho pinta vostè com si l'Elisenda s'hagués suïcidat.

A fora, allunyades, unes veus semblaven barallar-se.

—No ho sé... Potser hagi estat això, a la llarga.

El noi s'alçà; encara estava adolorit, però podia resistir-ho.

—¿Per què va donar-li aquest llibre? Vostè ja s'havia resignat a perdre aquell fill. ¿Quin bé podia fer a l'Elisenda assabentar-se d'això?

—Vaig donar-li el llibre per culpa teva.

—¿Com? ¿Què diu ara?

—No t'esveris. ¿No recordes que deixà escrit el meu pare al final? —obrí el llibre— «Ha passat de generació en generació sempre que s'anuncien unes noces en la família». Jo no sé si vosaltres hauríeu estat un matrimoni o no, però ja ho semblàveu, vivíeu junts, i qui sap en quin moment us haguessin arribat els fills... L'Elisenda havia de saber-ho, tots els meus xicots ho anirien sabent a mesura que volguessin casar-se. Ella fou la primera... La nit de Nadal, el Jaume em comunicà la seva intenció d'anar-se'n amb una noia que havia conegut. Aleshores, vaig pensar a recuperar el llibre i explicar-li-ho tot a ell també, però veient que només quedaven sis mesos per a la mort de Bernat, vaig decidir esperar... M'imaginava, imbècil de mi, que la maledicció podia fallar i que així no em caldria dir res. Tenia por d'esguerrar les il·lusions d'un altre fill, recordava com havia destrossat l'Elisenda la notícia... Jo, a tu, t'odiava, no perquè em prenguessis la filla, sinó perquè m'obligaves a fer-la desgraciada contant-li la tradició; reconec que hauria odiat igual qualsevol amant de qualsevol fill meu. Sé que és absurd, però quan un està desesperat, dóna a les bestieses categoria de llei; els negava l'amor, el meu i el dels altres, per estalviar-los un dolor que només de l'amor podia venir, un dolor que m'ha convertit en un mal pare... Un dolor que tornà boja la meva muller... Tu, quan has llegit el llibre, has entès moltes coses, fins i tot allò que no pots creure perquè s'escapa de tota lògica; jo, mentre t'escoltava, he comprès per què ella no feia l'amor amb tu... Has tingut la gran sort de ser estimat per una noia fabulosa que, no sabem com, va ultrapassar els límits de la realitat cercant una resposta allà on cap ésser ha estat; que s'enfrontà a quelcom que la ciència no ha esbrinat encara què és; i tot perquè tenia dues pors... La por de perdre el seu germà, a qui devia l'afecte a la vida, i la por de perdre't a tu. No volia quedar embarassada per no continuar la tradició, almenys, durant els mesos que durés la seva feina...

—¡No, no, era del tot impossible que quedés prenyada! —va interrompre'l el Gerard— ¡Si ho sabré jo, que...!

—¡Les precaucions també poden fallar! —afirmà Fernando Ferràndiz alçant la veu i fent-lo callar— A mi no em serviren de res fa més de vint-i-un anys... ¡L'Elisenda t'estimava tant que temia que l'abandonessis si et confessava per què s'allunyava del teu contacte!

El Gerard recolzà el seu cap a la paret:

—¿Qui en volia de fills? ¿Qui? ¡Jo no!

—Potser ella sí.

—Senyor Fernando...

—¿Sí?

—Vostè em creu, ¿veritat? ¿Creu la manera en què va morir, oi?

El senyor Ferràndiz fullejà el vell llibre.

—Quan el meu pare em féu llegir això, vaig aprendre que res és increïble.

—És que... ¡És que hi ha tan... tan poca cosa que sembli autèntica en tota aquesta història meva! Només sé del cert que un dia va tancar-se a la seva habitació per escriure i escoltar una música horrible, i que de llavors ençà la vida a casa fou meitat misteri, meitat infern, mentre ella treballava en un no sé què que parlava de drogues, de la memòria, de... de... ¡Oh! ¡I no menjava gens ni mica!... La resta, els saraus, xerrar a través de la porta i, sobretot, la seva mort, és d'un... d'un... No ho sé, fa fàstic...

L'homenot va donar-li uns copets a l'esquena, volent animar-lo.

—Et crec, Gerard, perquè et vull creure; vull que els meus fills tinguin descendència, i que tots visquin com tothom i que morin quan els pertoqui i no quan ho digui una maledicció... Necessito creure't.

—Ho necessita...

Silenci. Un brogit apaivagat surava sobre les olors asèptiques. Era com una onada sonora que no acabava de deixar-se sentir. Entre aquells murmuris, que venien de fora, el Gerard recordà una qüestió pendent:

—Senyor Ferràndiz, si us plau, ¿on som?

Però Fernando Ferràndiz feia voltes a una idea i no atenia el prec del Gerard:

—És curiós... Tot, perquè dos germans anaren més enllà del que és permès en l'amor... Tanmateix, hi ha una cosa que no lliga...

—Senyor Fernando...

—Potser feia temps que s'entenien, i quan la bruixa els descobrí... No, va haver de ser un error; un lloc fosc, l'Álvaro convençut de ser amb una meuca... No s'adonà de qui era fins haver-la feta seva...

—¿Qui hi ha aquí fora? ¿Qui crida? ¿Qui riu?

—Seria... Seria inadmissible pensar que ell estigués enamorat de la seva germana i que aprofità l'avinentesa, i que després, penedit, es pengés?

—Senyor Fernando, ¿què importa això ara? ¡Ja no ho sabrem mai!

—Hi ha una cosa que no lliga... ¿I si no és l'incest, la causa?

—És l'incest, ho ha de ser.

—¿Com pots estar-ne tan segur?

—El seu capellà de poble parla d'un pecat infamant... ¡Jo vaig veure la cara del Bernat en aquella fera que violà l'Elisenda, una cara amb els trets de la seva família, d'aquí el meu convenciment! ¿Per què, sinó, he apallissat el Bernat sense conèixer-lo de res?... Quan l'he vist, no sé què m'ha passat. Era i no era allò. ¡Volia matar-lo!... —compte; s'estava exaltant i deixà d'insistir— I ara, ¿em dirà d'una vegada on som?

El senyor Ferràndiz, abatut per tant de tràfec, ja no tenia ganes de discutir més:

—Som a un manicomi, el meu.

Al Gerard allò li va caure com una bomba; s'imaginà una ensarronada.

—¿Un manicomi? ¿I per què m'hi ha dut? ¿I què significa això que és seu?

—¿L'Elisenda no et va dir per què estudiava psicologia? ¿No et va dir quina era la meva feina?

—La seva filla i jo només parlàvem de nosaltres, quan podíem parlar... Hi havia el pacte, l'estúpid pacte...

—Molt propi d'ella... A mi tampoc mai no m'aclarí la raó per la qual estudiava psicologia, però jo sabia que li agradava el meu treball... Sóc metge psiquiatre i director d'aquesta clínica privada.

¡No l'havia cregut! ¡Tot havia estat una comèdia! Els nervis començaren a menjar-se'l.

—¿Per què m'ha portat aquí?

—Quan has atacat el meu fill, he pensat que havies llegit el llibre i que et revenjaves així de la mort de l'Elisenda, vés a saber per quin motiu... No era convenient que cap persona aliena a la familia conegués el secret dels Ferràndiz mentre aquest continués sense solució. Em calia saber el que tu sabies per decidir el teu futur.

—¿Decidir el meu futur?

—T'hauria tancat, no ho dubtis, si només m'haguessis parlat del llibre. M'hauries demostrat que sabies tant com jo, amb la diferència que tu no ets un Ferràndiz i no tenies cap dret a participar del secret.

El Gerard va plegar-se de braços per treure's un fred intern i per no llençar-los a escanyar aquell home. Va creure's totalment perdut.

—És vostè un digne deixeble del seu avantpassat, un arrogant... ¿Que li ho impedeix alguna cosa, tancar-me?

—Sí. Que ja no t'odio, com abans d'entrar aquí; has patit molt, tu també... D'altra banda, ens has alliberat de la maledicció... Fa estona, t'he dit que ets el món; no es tractava d'una guilladura meva, no. Tu no ets un Ferràndiz ni podràs ser-ho per matrimoni, no tens cap vincle amb ningú de la família, et pertanys a tu mateix... L'Emília posà una barrera entre la família i la resta de la humanitat, dient que la maledicció no finiria fins que el món s'assabentés del per què del suïcidi d'Álvaro... Tu això ho acabares ensorrant una porta corcada, tu, algú del món... —la veu se li esberlava, negada per l'emoció d'haver fugit del malson i trobar-se, de cop i volta, l'esperança— Ets lliure de marxar i de fer pública aquesta història, si és que et ve de gust.

El Gerard, ja calmat, però encara incòmode allà dintre, volia enllestir allò.

—Senyor Fernando, ¿sortim?

—Sí, és clar... ¿Ja et trobes bé del tot?

—Puc caminar, si es refereix a això.

L'homenot, a punt de girar el pom de la porta, mirà el xicot i digué dominat per un aire de malastrugança:

—Demà passat, el Bernat farà vint-i-un anys... El terrible del cas, és que no sé si els fa perquè ha mort abans la seva germana o perquè la maledicció s'ha esvaït... —i aleshores, amb una nova obsessió a coll, repetí— ¿I si no és l'incest, la causa?

—Si no ho és..., no ho sabrem fins d'aquí a uns anys, quan els seus néts es facin grans.

El senyor Ferràndiz acaricià el llibre:

—Potser encara ens caldrà...

Una punta de cartró dur, que sobresortia d'entre els fulls propers a la contraportada i que no advertí de bon principi, topà amb el seu dit. Estirà el petit obstacle i aparegué una carta de tarot en la qual hi havia dibuixat un diable amb pits de dona.

—¿Què és això?

—Ni idea —respongué el Gerard—. L'Elisenda devia usar-la com a senyal.

—Ja —observà amb respecte el naip i el tornà a ficar al lloc on era.

Sortiren a un passadís ple d'esquerdes i de remors sense cos que venien de totes bandes. Pel camí, trobaren un home amb pijama que s'arrossegava pel terra com un cargol i dues dones descalces i amb camisa de dormir que donaven manotades al vent. Una d'elles reia.

—¿Què en faràs, de la tesi? —preguntà el senyor Ferràndiz.

—Primer, la llegiré; després, segons com sigui, potser la cremi o me la guardi... I si algun dia em veig molt sol, i si l'Elisenda deixà ben escrita i detallada la manera com fer-ho, doncs, qui sap, potser vagi a reunir-me amb ella...

No semblava pas dir-ho de broma. Fernando Ferràndiz somrigué amb pena.

—Si no et fa res, m'agradaria llegir-la a mi també.

—Ja hi pot comptar.

Travessaren una gran sala de parets nues, il·luminada per la claror de l'estiu, on es respirava pudor i angoixa. Hi havia força xivarri; la gent, vestida de mil maneres o mig despullada, saltironava i no mirava amb qui topava, corria en cercles, deambulava, passava de l'alegria a la tristor en un instant, explicava històries d'amor, de guerra, de por... Alguns apuntaven el Gerard, encuriosits com un veïnat que s'enfronta a un nouvingut. Era com si un tros de carrer hagués estat empresonat sense que cap dels que es movien per allà se n'haguera adonat.

Arribaren on els bojos eren «més tranquils», en paraules de Fernando Ferràndiz, un pati amb pins en el qual es podia cosir, jugar al dòmino i fer pràctiques d'horticultura amb un cert silenci. Allí, gairebé tothom romania assegut, fos despert o adormit.

—Després d'aquest pati —assenyalà el senyor Ferràndiz—, a la dreta, hi ha un enreixat. És la sortida. El vigilant t'obrirà... Jo m'aturo aquí; la meva esposa encara no sap res, i ja va sent hora que li expliqui què ha passat... Bé, voldria que em perdonessis moltes coses...

I allargà una mà cap al noi. Aquest l'agafà sense pensar-s'ho.

—Oblidi-ho.

Desfeta l'encaixada, l'homenot va dir:

—Si alguna vegada necessites alguna cosa i jo puc ajudar-te, doncs..., bé, ja ho saps...

El Gerard bellugà el cap com dient que sí, i se n'anà. Però va afluixar el pas quan gairebé es disposava a tirar cap a la dreta; mirà enrera i veié el senyor Fernando parlant a una dona d'aspecte inquietant que duia una bata esfilegada i que ocupava l'única butaca decent que hi havia al pati. De sobte, aquella dona esclafí en una riallada convulsiva que li féu regalimar llàgrimes.

Barcelona, estiu de 1989-hivern de 1991.

ÍNDEX